奇案01

箱屍風雨

所，當時神智不清。

皇天不負有心人，日前警方終於偵破此案，涉嫌者在灣仔駱克道九十七號八樓兇案，疑犯是男子顏谷友，鄰居及女子劉秀芳。（均）

管我知道啦。其後他坐在大殿對面二跟跪上，突現火燄起低，至〈四〉時，得說若在園拚路和街

前言

現代科技進步，警方在搜集犯罪證據時，經常會利用一些先進、精密的儀器，尤其是一些看不見的線索如特殊環境下空氣的成份，以科學方法搜集及作鑑證，會有意想不到的效果。

重案組黃 sir 於《奇案 01 箱屍風雨》揭露探員如何千方百計地找尋線索，並且在搜集好線索後，如何利用線索破案。此外，黃 sir 並披露探員在了解犯罪心理之餘，怎樣有技巧地盤問疑匪，從而達到落案及控告其罪名的目的，有助於將繩之於法。

亞元性格奇異，喜研究怪力亂神東西，尤愛香港本土昔日奇情重案。在「重案組黃 sir」帶領與引導下加入「山寨探案實錄」，在本書中為讀者尋找經典奇案真相。

另外，每一宗兇案的背後，少不了專家在聆聽「屍體的說話」，他們就是法醫。本書追踪法醫的鑑證技巧，探討人類的死亡歷程。

奇案01

奇案02

奇案03

奇案04

奇案01

溶屍奇案

重案組黃Sir

轟動一時，高潮迭起的空姐溶屍案雖已審結，真相仍撲朔迷離，惹人猜疑……

警校教官陳展能警司，重案組主管黃定邦警司，專案組高級督察美姬（臨床心理學家），重案組蒐證科督察「細奀」，重案組刑偵科督察德仔，法醫湯明，法律顧問姚嘉敏大律師，都在模擬法庭出現。

除上述重案組精英外，大批現役警界精英，難得有機會在這兒聚首。

警界各路精英今次都是抱鬥智心情而來，這個模擬法庭，即將研究一宗頗具爭議性的「空姐溶屍案」。

模擬法庭內已架起攝錄機，將今次模擬過程拍下，作為警務人員的教材。

控辯雙方互鬥演技

陳展能警司首先打開話匣子，先來一段開場白。

「各位，法律是警務人員必修的科目，因為我們要執行法律。」陳警司開門見山地說：「我們必須熟悉有關法律程序，才可以將疑犯繩諸於法。」

「法律程序雖然是十分理性的東西，而且一板一眼，假如我們所用的法律程序出現問題，凡出現疑點的地方，利益就歸被告所有，可能因而令到被告無罪省釋。」

「相信各位亦曾辦理過一些『確有其事，查

警方在警察訓練學院的刑事調查訓練課程設有模擬法庭。（警察學院提供相片）

無實據』的案件。法律程序雖然十分理性，但在審訊過程中，由於有人參與，例如法官、律師、原告、被告、陪審團等，無可避免有人性存在。」

「說得極端一點，法庭是一個控辯雙方互鬥演技的場合。人都有同情心，惻隱之心，人皆有之，陪審團是一些基本上沒有法律知識的普通人，雖然在判案時法官會引導他們，但一些根深蒂固觀念，會影響他們裁決。」

「決定是否判被告死刑時，部分人可能會因自己的宗教信仰或其他原因，不想把被告送入鬼門關。」

「各位都知道，死刑是要陪審團取得一致意見才可作出裁決的，辯方只要影響到一名陪審團成員，被告就可逃出生天了。」

「為令警務人員能在法庭內取回一些優勢，警校由一九八四年四月起，已將社會學編成獨立課程，希望學員能從社會角度，更了解社會情況及市民心態，內容包括人際關係，角色扮演，罪案成因等。」

「開場白已說完，以下進入案情模擬環節。相信各位已看過這宗『空姐溶屍案』所有資料，那些資料除調查檔案，法庭實錄外，還包括各種媒介的報導。」

「我們假定手頭上的資料都是真確的，根據這些資料作出模擬。我們先模擬第一部分，即案件揭發至兩名被告判死刑，然後是第二部分，即兩名被告上訴，男被告獲無罪釋放，女被告謀殺罪名開脫，誤殺罪名成立，判監七年。」

「為方便陳述，我們稱女死者為子君，男被告叫大衛，女被告叫姬蒂，那名具爭議性的女子，就叫她莎莉吧！」

「為令案情更簡潔，今次特別邀請重案組的黃定邦警司、美姬、細炆、德仔，講述案情，法醫官湯明提供法醫學意見，法律顧問姚嘉敏大律師則為我們解答法律疑難。」

「案中四人，分別由四名話劇團成員扮演，七名陪審團員，都是警校同學，他們在這宗『空姐溶屍案』案審訊前後，都在英國受訓，於今日上午才返港。他們之中，有一名基督徒，一名天主教徒，一人篤信佛學，另四人無宗教信仰。」

陳展能警司交代過後，這宗「空姐溶屍案」正式「開審」。

案件重演：塱坑村三十三號

時間：一九八九年五月十二日

地點：沙田作塱坑村三十三號一幢三層高西班牙式丁屋

陣陣難聞酸臭味在空氣中瀰漫，令到作塱坑村三十三號附近住戶寢食不安。

村民李家華是最受害的一個，他的鼻子素來對味道敏感，這與他的職業有關，因為他是香港少數的香水試味員之一。

為保持嗅覺靈敏，他才由市區搬到作塱坑村居住。

雖然把房子的窗全關上，但那些酸臭味卻不斷由屋外滲進來，令李家華忍無可忍。

「……毒販在製毒時，通常都會用一種叫無水醋酸的東西，這種東西，有強烈酸味，市民如發覺有不明來歷醋味出現，可以通知警方毒品調查科，說不定會因而破獲一個製毒工場……」

電台一個訪問節目內容，提醒了李家華，他心想：「說不定真的有人在附近用無水醋酸製毒，才會有那些酸臭味出現。」

李家華致電警方毒品調查科，報告有關情況。

「作壆坑三十三號附近？」警方毒品調查科張警官收到李家華的舉報後，立刻翻查資料。

「難怪我對這個地址有印象，原來我們已收到線報，說上址是一個毒品分銷中心。」張警官終於找到那份檔案資料。

資料顯示，該幢三層高村屋，業主叫李×生（六十歲），於一九八八年將該間村屋二、三樓，租予一名三十三歲，名叫大衛的男子，一九八六年初，有一名叫姬蒂的女子遷入居住。

大衛租屋時向業主自稱是美籍華僑，在港經營運輸生意。

「我在九龍塘有兩幢物業，其中一幢已出售，另一幢則租出未能收回，所以我才來此租屋

發生溶屍案的沙田作壆坑村。

暫住。」大衛對業主說。

「你是一個人住嗎？」業主問。

「是的。」大衛答得爽快。

「既然是一個人住，也不用租兩層樓吧？」業主問。

「哦，我經常有朋友由外地來探我，我租兩層樓，是方便他們在留港期間暫住，方便聯絡。噢，YES。」大衛似乎十分滿意自己的解釋。

「我只是隨口問問而已。」業主是老實人，當然不想把屋租予一些不三不四的人，他這樣問，無非覺得大衛是一個花花公子。

業主與大衛簽大約兩年租約，大衛在翌日即遷入居住，由於單位內已有家具電器，大衛只帶衣物及隨身行李就住了進來。

自此，作壆坑村的空地，就經常泊着兩部平治房車及一部保時捷跑車。

這三部名車都屬大衛所有，他經常拿着手提電話在村內出入。

大約一個月後，作壆坑村在入夜後開始熱鬧起來，經常有不少中外男女前來找大衛，有部分甚至摸錯門口，對其他村民構成滋擾。

漸漸，大衛所租的兩層樓成了不夜天，經常有一群男女在屋內通宵作樂，警方亦多次接到「擾人清夢」投訴，到場向大衛提出警告。

一九八九年初，警方毒品調查科接到線報，指有人用作壆坑村兩個單位，供人吸食毒品可卡因，毒品調查科派人監視。

一九八九年一月，負責監視的探員，發現一名毒品拆家進入目標單位，通知總部採取行動。

雖然探員發現在目標單位內的十多名男女，大部分有吸食可卡因跡象，但在單位內卻沒有搜出任何毒品。

一九八九年五月四日，毒品調查科再到該個單位搜查，當時單位內只有一男一女在內，他們的神色十分慌張。

沙田作壆坑村入口牌樓。

不過，探員在單位內沒有搜出毒品，但在作壆坑村一條去水渠內，發現有可卡因成份，懷疑有人在探員入屋前，將可卡因用水沖走。

張警官看完這份資料後，召集探員突擊搜查該個目標單位。

二樓單位當時只有大衛及姬蒂兩人，探員入屋後，嗅到一陣酸臭味由三樓傳出來，上三樓調查，發現酸臭味由浴室傳出來。

探員進入浴室後，看見在浴缸內放置一個大鐵箱，鐵箱頂部有蓋，這個蓋上有一個排氣孔，一絲絲帶酸臭味道的氣體，從排氣孔散發出來。

酸臭味十分濃烈，探員感到呼吸不暢，暫時退出，向大衛及姬蒂查問。

「鐵箱內的是甚麼東西？」探員問

大衛及姬蒂都一言不發，呆呆站着。

探員也不浪費時間，點了一根香煙，深深吸了幾口，驅去酸臭氣味，合數人之力，將鐵箱的蓋拉起。

映入探員眼簾的，是一具浸在腐蝕性液體內的女屍，女屍下半身已經溶解，上半身已腐蝕得如喪屍一般，說有多恐怖就有多恐怖！

「發生兇殺案！」帶隊警官說：「通知上峰派人前來處理。」

大批警員聞訊趕到現場調查，案件稍後交由沙田重案組第二隊接手處理。

探員在屋內撿獲少量可卡因，在案發現場渠邊撿到一些類似碎肉物體，在單位內撿走一批照片及證物。

大衛及姬蒂被警方拘捕，兩人一直保持緘默，對警方查詢一概不答。

為方便調查，警方先把兩人落案，控以藏有毒品可供非法販賣用途。

一九八九年五月十五日，兩人在沙田裁判署提堂，但兩人仍守口如瓶。

被捕兩人不合作，更拒絕露死者身份，探員假定死者是一名失蹤少女，要求失蹤人口調查科協助調查。

探員其後發現，一名在五月六日失蹤的國泰航空公司空姐，曾與被捕男子大衛合照。

該名空姐叫子君，為方便工作，在九龍城租一個單位居住，五月五日凌晨五時左右，接到一個電話後外出，自此失去蹤影。

警方根據死者的牙齒紀錄，證實這宗溶屍案的死者就是子君。

案件重演：三角戀愛與謀財害命

時間：一九九零年七月二十七日。

地點：高等法院

涉嫌謀殺國泰航空公司空姐子君的兩名男女，大衛及姬蒂，被警方起訴，解往高院提訊，兩名被告都否認控罪。

兩名被告同被控兩項罪名。

（一）一九八九年五月六日，在沙田作壆坑村三十三號樓上，謀殺女子子君。

（二）一九八九年五月十二日，阻止合法殮葬死者。

檢察官陳述案情時表示，兩名被告都有吸食可卡因癖好，本案涉及一宗三角戀愛與謀財害命。

「女死者子君是國泰航空公司高級空姐，大衛是她的男朋友。大衛其後結識姬蒂，造成一宗三角戀愛。」檢察官說：「子君為令大衛擺脫姬蒂，曾借五萬元給他作為交換條件。」

一九八九年五月六日，上午六時，鄰居聽聞兩名女子在案發單位爭吵，不久聽聞一名男子叫他們閉嘴。之後，爭吵聲就沉寂下來。

五月十二日，警方接到投訴，懷疑有人在案發單位製毒，前往調查時揭發這宗兇案。

「屍體不斷被一些腐蝕性化學藥物侵蝕，未能證實死因。不過，死者頭骨有一處十五公分長裂痕，假如是在生前造成的話，足以致命。」檢察官說：「警方查出在五月六日至十日期間，子君兩張信用卡被一名女子到多間金鋪冒簽，購買多件金飾，總值四萬多元。」

死者原定於五月六日，即遇害當晚隨航機出發往外地，但在報到前兩小時，有人自稱死者，

無水醋酸。

向公司申報四日病假。

五月八日，有人曾致電一間花店，自稱是子君，用信用卡購買半打粉紅鮮花，送給妹妹作生日禮物。

子君原在香港仔居住，由於離機場太遠，往返不便，在九龍城租一個房間獨住。案發日前一晚，同屋一女子因喝了咖啡，無法入睡。凌晨四至五時，這名女子聽到死者房間有電話響起，不久即見死者離開該單位，之後，一直沒有回來。

檢察官指出：「兩名被告拘留時，分別向警方作兩份供詞。大衛指他與本案無關，女死者有案發單位鎖匙，可以自由出入。」

姬蒂聲稱在案發當日上午，與大衛及死者於上址玩啤牌，其後，大衛與死者入房吸食可卡因，她則在廳看電視。

不久，她入房找大衛，發覺死者躺在床上，毫無知覺。姬蒂表示，她當時叫大衛報警及召救護車，但大衛拒絕。

姬蒂說，「大衛警告她，如果她報警或召救護車的話，就會把她殺死。」

案件重演：環境證供推斷

時間：一九九零年八月十四日

地點：高等法院

經過歷十五日審訊，控方檢察官作結案陳詞。

檢察官指出，死者於一九八八年十二月，從英國寄了一封分手信給大衛。

「死者在信中指大衛欺騙了她，她全心全意以誠待他，但他卻玩弄感情，『一腳踏兩船』，對愛情不專一。」

「死者說，很遺憾沒有為大衛帶來快樂，但自問從來沒有想過要傷害大衛，但大衛卻在感情方面，令她受盡折磨。」

「死者在信末說，希望分手之後，不會令兩人成為仇人，又表示不會追大衛還債。死者寄出這封信五個月後被殺，大衛欠她的五萬元，一直沒有歸還。」

「警方未能尋到兇器，亦沒法找到死者所穿衣物，但由於兩名被告企圖毀屍滅跡，又無法說明屍體來源，有理由相信，兩人是殺害死者的兇手。」

「兩人的殺人動機，最大可能是因為錢。雖然死者在信上表示不會追大衛還債，但這可能是因為死者對大衛仍餘情未了。」

「經過多月觀察後，死者可能發覺大衛不會放棄姬蒂，於是打算與大衛斷絕關係，取回五萬元。」

「案發前一日，警方毒品調查科到大衛寓所緝毒，雖然未發現任何毒品，但相信有人將毒品用水沖走，這些毒品可能價值數萬元。」

「大衛雖然極力佯裝是富有花花公子，其實他只是一空心老倌。在案發時，他沒有正當收入，但每日要花費一千三百元吸食可卡因。」

「他所擁有的名車是租回來的，欠下車行近六萬元租金。經濟拮据，唯一可以在金錢上幫助他的，只有死者。」

「大衛了解女性心理，他知道只要對死者說，他打算離開姬蒂，重投她懷抱的話，死者一定會在金錢上幫助他。」

「一九八九年五月六日凌晨五時，大衛打電話給死者，叫她到作壆坑村他的家中，解決三角戀愛問題。死者趕到作壆村，結果被人殺害。」

「兩名被告為隱瞞死訊，冒充死者致電死者所服務的航空公司，為她請四日病假，又用死者名義，訂了半打鮮花，託花店於五月八日送給死者妹妹，令他人以為死者仍然生存。」

「除此之外，兩人又用死者信用卡購金飾變賣，又假冒死者簽名，將她的存款提清。之後，兩人打算毀屍滅跡，用腐蝕性液體將屍體溶化。」

檢察官稱：「女被告曾作了一份警誡口供，她否認殺害死者，指是男被告殺人，她遭男被告恐嚇，才協助他處理屍體，以及替他買鏹水、哥士的梳打、空氣清新劑。」

「雖然我們沒有直接證供指控兩名被告如何謀殺死者，但根據種種環境證供，可推斷兩名被告是殺人兇手。」

檢察官陳詞完畢，兩名被告及代表律師都沒有上證人台申辯，自始至終保持緘默。兩名被告在整個聆訊過程中都表現得輕鬆及有自信。

四男三女陪審團經退庭商議三個多小時後，復出報告，一致裁定兩名被告謀殺及妨礙死者合法埋葬罪名成立。

按察司依例判處兩被告死刑，妨礙合法下葬罪名，押至翌晨宣判。

兩名被告聞判後並無太大反應，亦沒有呼冤。

案件重演：背景資料

時間：一九九零年八月十五日

地點：高等法院

法官宣判兩名被告妨礙合法下葬罪名刑期前，感化官向法庭提交兩被告的背景資料。

男被告，大衛，三十三歲。

大衛於一九七零年由香港往加拿大讀書，當年他只有十三歲，稍後移民到美國，父母則仍在香港。他曾在美國任職推銷員，曾結婚但於兩年後離婚。

一九八零年，大衛因為在港在母親患癌症由美國返港，他的母親是太平地氈廠的資深設計師，未幾，大衛的母親死於癌症。

母親死後，大衛再返美國，直至一九八七年十月，大衛營商的父親在港逝世，他才由美國返港打點一切。

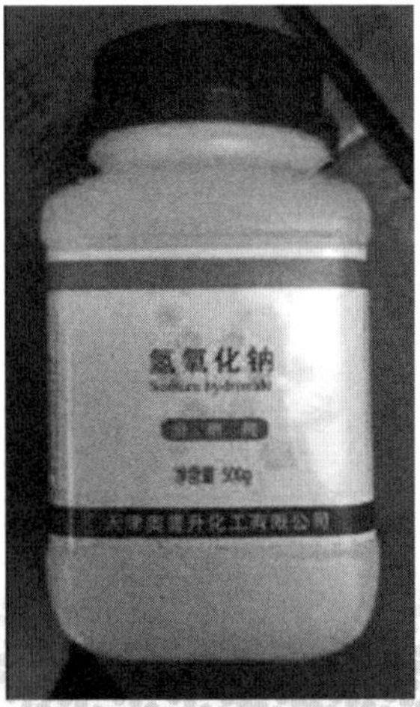

哥士的梳打（氫氧化鈉）腐蝕性很強。

稍後，大衛繼承父母一筆四十萬元遺產，之後一直在港逗留，他沒有正當職業，以賭馬維生。

女被告，姬蒂，二十七歲。

姬蒂中學畢業後，曾當了一段時間售貨員，之後曾在多間公司任職文員，其後因健康問題沒有工作。

姬蒂的父親是一名退休警員，現時任職看更，姬蒂的妹妹是一名女警。

一九八七年，姬蒂與一名技師結婚，但在一九八八年十二月與丈夫鬧翻，一九八九年初協議分居。

姬蒂於一九八九年四月，因涉嫌盜竊被警方拘捕。

法官聆聽兩人身世後，指兩人是屠夫，冷血及沒有人性，隨即宣判兩人妨礙死者合法下葬罪名各判入獄五年。

法官作出宣判時，一直保持緘默的大衛，用英語說：「I did not do it Sir。」（法官大人，我沒有做過這些事。）

大衛及姬蒂被判死刑後提出上訴，力稱沒有殺人。

這宗上訴案在宣判兩年後，於一九九三年三月二日，在高院提訊。兩名被告否認謀殺罪名，法庭選出六男一女陪審團協同審訊。

檢察官陳述案情時指出，兩被告與死者陷入三角戀愛關係，死者遇害，可能是因為有人想擺脱此三角關係及乘機謀財，掠奪死者積蓄，以維持吸食可卡因的支出。

檢察官又稱，兩被告均有吸食可卡因習慣，為維持這種嗜好，花費極大，兩被告落網時，銀行存款已所餘無幾。

大衛的自白

我在香港出世，十三歲時在加拿大讀書，十九歲就到美國，由一九八零年起，我每年都由美國回港一次。

在美國，我是做推銷員的，後來我遷到新澤西州居住，與朋友合作經營一間運輸公司。

我們的運輸公司，業務遍及全美國，我喜歡駕車，有各種駕駛執照，一般都是由我駕車，運輸貨物。

幹了幾年後，我對駕駛大型旅遊巴士產生興趣，經過六個月訓練，我終於考到駕駛大型旅遊巴士執照。

一九八零年，我在香港居住的媽媽，發現患上癌症，我由美國回來探她，在香港逗留了一段時間後返回美國。

一九八五年，母親病情惡化，我才再度返港。我當時與家人在九龍塘居住，每日都陪媽媽往看醫生。

一天，妹妹剛辭去國泰航空公司空姐職位，帶一班朋友回家聚餐道別。在那次聚會中，我認識了子君，但沒有太深刻印象。

一九八七年，我的父母已先後去世，我在香港定居。我在寓所門口碰見子君，她向我查詢我妹妹近況。我對她説，我妹妹已到了加拿大定居。

自從那次相遇後，我們開始頻密來往。最初幾個月，我與子君只是普通朋友，我當時的心情因父母雙亡影響，變得十分惡劣，終日躲在家中，不想與人接觸。

《溶屍奇案》由真人真事改編，題材取自香港空姐溶屍案，講述 1989 年 5 月 6 日，新界沙田作壆坑村發生了一宗以鹽酸溶解屍體的案件。

子君知道我這種情況，經常主動來探我，陪我吃飯，開解我的苦悶。數個月後，我與子君的關係更密切，大家互訴心事。

我相信這不是子君的初戀，據我所知，子君已有一個朋友，但她對我說已經沒有再跟他來往，但我知道他們間中也有見面。

一九八六年尾，馬季最後一日，我到馬會收取二十三萬元彩金，當時在櫃枱當值的，就是姬蒂。

由於我堅持要取現金，姬蒂通知主管拿錢給我。此時，姬蒂趁空閒時間核對收支，發現少了一千元，她對鄰近同事說又要白做幾日才能填回那一千元，神情十分沮喪。

當馬會主管拿二十三萬給我時，我對他說，可在我的彩金中扣起一千元給姬蒂，令她不用填數，主管同意這樣做，姬蒂向我千多萬謝，說要當面向我道謝。

我把我的傳呼機號碼給了姬蒂，大約一星期後，姬蒂致電給我，約我喝茶，我們開始交往。

大約一九八八年，姬蒂對我說她已結了婚，但我一直當她是朋友，沒有介意。

後來，姬蒂說被丈夫趕出寓所，無家可歸，希望能到我的寓所暫住。我在作壆坑村租了兩個單位，很難拒絕她的要求，姬蒂就遷入作壆坑村居住。

我當時與姬蒂協議，我不用她交租，但她要幫我料理家務，直至她找到地方居住或與丈夫重修舊好才遷出。

一九八八年三月，子君到作壆坑村找我，在屋內見到姬蒂，感到十分不高興。

子君叫我不要再收留姬蒂，我對子君說，姬蒂有困難，我們應該幫她，為了此事，子君與我鬧得十分不愉快。為避免子君纏擾，我在傳呼機台留言說我不在香港。

有一次子君到作壆坑村找我，當時我剛巧外出，回去時子君已經離去。姬蒂對我說，子君較早前曾與她發生激烈爭吵，並叫姬蒂離開我。

那次之後，我約子君到我的寓所，對她說，我與姬蒂並無特別關係，大家都是好朋友，叫她勿多疑生事。

雖然我與姬蒂及子君都有超友誼關係，但我只把她們看作朋友，不是愛人。不過，子君仍堅持要姬蒂離開我。

自此，子君與姬蒂為了獨佔我而發生爭執，我覺得她們不是真的愛我，只把我視作玩具般爭奪。

無可否認，我知道子君是十分喜歡我的，我們訂了婚，至於姬蒂，我從沒想過會與她結婚，因為她是有夫之婦。我始終希望姬蒂能與她的丈夫和好如初。

案發當日，我根本不知事情在何時發生。事情揭發後，姬蒂將一切罪名推在我身上，我覺得她是陷害我。

我最後見子君，是在一九八九年四月左右，至於她何時遇害，我的確一無所知。

當我知道子君遇害時，我感到十分難過，想不到事情會弄到這個田地。

後來，我因子君之死，被裁定謀殺罪名成立，判處死刑，還押監房。我在香港沒有其他親人，

黃大衛說在馬會收取彩金時認識姬蒂。

入獄後沒有人來探我。

我在獄中結識的一名朋友，知道我的情況後，叫他的朋友莎莉，在探監時一併探我。認識莎莉後，我們很快就成了情侶。

莎莉肯探我，主要是知道我在港沒有親人，覺得我十分可憐。莎莉是一名虔誠基督教徒，但沒有受浸，不過，我一直都以為她是天主教徒，原因是我對宗教的認識不深。

探監的時間十分短，我給莎莉寫情信，我們透過信件互相了解，最終談婚論嫁。莎莉沒有懷疑過我的説話，我對她説我沒有殺人，她亦毫不猶豫地相信。

上訴聆訊最後一日，陪審團離座退庭商議時，莎莉的舉動令我深深感動。

莎莉當時由旁聽席衝出來，在陪審團面前跪下，對陪審團説：「我老公無殺人，係佢（姬蒂）妒忌，我係基督徒，我不會講大話，如果講大話我就橫屍街頭，我老公是無罪的！」

此外，一名神職人員在此案聆訊期間，曾寫了一封信給我，信中指他傳教多年，憑他的經驗，知道我沒有殺人。那封信我原想透過律師交給法官，但結果沒有成事。

雖然莎莉在庭上為我求情的行動，有人認為會影響司法公正，我卻不以為然。香港的法庭是用英語進行審訊的，就算證供是用粵語說出，陪審團亦要透過翻譯才知道內容。

莎莉當時用廣東話說出那番話，我認為不會影響陪審團的判斷。

此外，陪審團當時已起身離座，他們又退庭商議了一日半，我不認為陪審團會受莎莉的舉動影響。

我認為香港法律是公正的，陪審團裁定我無罪，是因為我根本沒有殺過人！

莎莉的自白

我沒想過會認識大衛，更想不到我們會結成夫婦，作為一名虔誠的基督徒，我相信這是神的恩典。

當初，我是到獄中探望一名朋友，經那名朋友介紹我認識大衛。

在那一剎那，我感到有些意外，聽到我的朋友說，大衛在香港沒有親人，沒有人來探他時，我有照顧他的衝動。

一連探了大衛幾次後，大衛寫了一封感謝信給我，那時接近聖誕，他還祝我聖誕快樂。

大衛的信令我十分感動，我與大衛的感情亦不斷進展，由每星期見一次面，增加至每日相會一次。

為見大衛十五分鐘，我每日都在監獄等候數個小時。

每次，我們見面後都捨不得分開，要由懲教署人員把我們分開。

一九九一年九月，我忘記是哪一天，大衛竟然向我求婚。

大衛的求婚方法十分特別，他在手心寫上Marry Me（嫁我）幾個字，待我探監時向我展示。

當時我不知如何是好，由於太開心的關係，我只懂得笑，別人以為我瘋了。

我以為他說笑，因為他一向是有幽默感的人。

翌日，我探他時，他問我考慮清楚了沒有，這時我才知他是認真的，就答應嫁給他。

一九九一年九月十九日，我們在美國領事館人員證婚下，結成夫婦。

由於大衛仍是死囚身份，我沒有將這件事告訴家人。

我相信，這可說是探監奇遇結良緣吧！

在上訴期間，我每日都到法庭聽審，為大衛祈禱。

我相信大衛，我絕對相信他！

最後的審判

「空姐溶屍案」兩名被告要求推翻謀殺罪名的上訴聆訊，於一九九三年三月二十九日審結。

1979 年時刑事偵緝訓練課程着重傳統教授模式。

五男二女陪審團於下午一時退庭商議，直至晚上仍未能作出裁決，需在陪審團休息室度宿一宵，翌日再行商議。

陪審團難於裁決的原因，在於姬蒂在上訴聆訊時，推翻以前指大衛害死者的口供，改為在與死者爭執時，死者用鐵鎚襲擊她，她錯手將死者殺死。

翌日早上，陪審團復出法庭聽審，由於仍未能作出決定，陪審團向法官尋求關於誤殺的法律問題指引。

此時，在旁聽席的莎莉突然衝出，跪在地上哭着說：「我老公無殺人，係佢（姬蒂）妒忌，我係基督徒，我不會講大話，如果講大話我就橫屍街頭，老公是無罪的！」

雖然莎莉是用廣東話說出這番話，但在場的五男二女陪審團，有五個是中國人，他們清楚聽到莎莉的說話。

法官及控辯雙方律師，都是外籍人士，以為莎莉只是普通求情，而非用宗教名義發誓，法官只下令將莎莉驅逐到法庭之外。

下午二時四十五分，陪審團裁定大衛無罪，大衛聞判後面色蒼白，顯露難以置信表情，當主審大法官宣佈釋放他時，他緊抓一本紅色聖經，帶着神經緊張的微笑離開被告席。

陪審團又裁定女被告姬蒂謀殺罪名不成立，但誤殺罪名成立。

法官在宣判前指出，姬蒂推翻以前證供，是令到大衛可以脫罪的主要原因。法官又稱，姬蒂受大衛影響及利用下而吸食可卡因，案發時，姬蒂是受到死者挑釁，在盛怒下殺死死者，構成誤殺罪名。

法官判姬蒂誤殺罪名入獄七年。

大衛與姬蒂因妨礙死者合法下葬罪名而被判監五年的刑期，扣除假期後已經屆滿，大衛可獲當庭省釋，姬蒂亦僅需服刑數個月就可出獄。

大衛獲釋後，與女友莎莉在法庭外擁抱接吻，對在場的記者說：「只有我自己知道發生了甚麼事，其他人不明白，他們不知道事發經過。」

大衛說，他不認為姬蒂為他承擔罪責，因為他根本沒有殺人，姬蒂今次只不過是說出事實真相。

他認為姬蒂入獄是罪有應得的，他說：「我自始終都說我沒有殺人，警方僅憑姬蒂一面之詞就把我拘控！」

案中死者子君，大衛說對她的死感到十分難過，但他不認為自己應負上責任，他說：「愛情中有很多誤會，人們往往一廂情願以為彼此相愛，其實事情並非這樣。」

談到為他哭求陪審團的現任妻子莎莉，大衛說：「上帝令我決定與她結婚，我們真誠相愛，我會一生一世與她一起，我已經從上主那兒找到真正的信仰，我會堅持下去，我認為這是神對我的恩典。」

「我只是一個平凡人，我對真摯的感情較諸肉體關係更感興趣，我不會因為性關係而愛上一名女子，莎莉就是最佳例子，我們沒有性關係，但卻深深相愛。」大衛說

「我相信，莎莉是我這一生中，最後的一個女人。」大衛一再強調。

黃大衛強調與女友一生一世，但很快就離婚。

模擬法庭「重審」

「空姐溶屍案」在模擬法庭「重審」完畢後，五男二女陪審團開始提出疑問，以作判案參考。

為節省時間及方便敍述，陪審團的問題由首席陪審員李能提出。

「我想問法醫官湯明，死者被腐蝕性液體嚴重腐蝕，你如何去證實死者就是子君呢？」李能問。

「雖然死者的屍體已嚴重腐蝕，尤幸頭顱骨仍完整，牙齒亦得到保存。」法醫官湯明說：「我們今次是用牙齒鑑證法來證實死者身份。」

「我們將由警方提供的一張死者露齒微笑照片，與屍體的頭顱照片相疊，發現兩者的特徵相同，再與國泰般空公司有關死者牙齒檔案資料核對，證實死者身份。」湯明說。

「能否根據現時的資料，推測死者遇害時情形呢？」李能問。

「現時所掌握的資料太少，我只可以做多個假設。」湯明說。

「首先是死者遇害時間，死者在五月六日至十日這段時間內遇害。五月六日這個時間，鄰居聽到子君與姬蒂的爭吵聲，但不表示子君在那時遇害，因為鄰居沒有聽到打鬥聲或呼救聲。」

「死者可能被人制服，禁錮在屋內，兇徒目的是要盜用死者信用卡及提取死者銀行戶口內的金錢，然後才釋放死者。」

「至五月九日，兇徒發現死者不知何故死亡，打算毀屍滅跡。我推測，死者可能被禁錮在三樓，企圖逃走時由樓梯滾下致死，當然，這只是一個推測。」

「五月十日，證人胡小姐看見大衛渾身是汗，問他幹甚麼時，他回答：『噢，因為寓所的門壞了，我添了一些家具。Yes，就是這樣。』」

「『寓所的門壞了』，是否被死者破壞了門鎖，逃了出來呢？『我添了一些家具』，所謂家具，是否就是用作溶屍的大鐵箱呢？」

「此外，五月十日，姬蒂到五金店買鏹水及哥士的梳打用來溶屍，如果死者在五月六日遇害，為何在四日後才決定溶屍呢？」

「不過，在五月七日，大衛還邀請胡先生及蔣小姐回寓所玩牌，這一點我無法解釋，但胡先生及蔣小姐在屋內玩牌時，並未嗅到異味，可見溶屍行動仍未開始。」

「無論死者當時是生是死，在單位之內，大衛及姬蒂若無其事與人玩牌，可能是製造子君未死的假象。」

「五月十一日，案發單位傳出酸臭味，顯示溶屍行動開始，在當日，大衛叫兼職家務助理高達到他的寓所，為他清理一條骯髒及發出臭味的樓梯。」

「溶屍鐵箱體積不大，不能容納整個屍體，我相信兇手曾將屍體肢解，再用垃圾膠袋裝好，將一些無特徵部分及內臟拋棄在附近垃圾站，頭部及四肢，則用腐性液體腐蝕。」

「姬蒂於五月十一日致電五金店東主，再訂購鏹水及哥士的梳打，原因是她在五月十日所購的分量，不足以將屍體溶解。要不是警方在五月十二日搜查該個單位，死者的屍體可能已全部溶掉。」

湯明的推測到此，他同時說明，屍體已嚴重腐蝕，無法找出死者致死原因，亦未能確定死者頭顱的一個大傷口，是生前抑或死後造成。

「我想問蒐證科的細Ｘ督察，在案發現場，警方找到些甚麼？」李能問。

「警方所能找到的，只有死者的部分屍體、溶屍用鐵箱、盛鏹水的玻璃瓶、盛哥士的梳打的空罐。」細孖說。

「我們在一個工具箱及一瓶空氣清新劑表面，套取到姬蒂的指模。死者當時所穿的衣服、手袋、飾物、兇器等，到現時仍未找到。」

李能問：「從警方角度看，兇徒的手法是否十分乾淨呢？」

「是。」細孖說：「兇徒將一切證物都消滅，整間屋連死者的指模也找不到。」

李能隨後向偵緝組督察德仔提問：「這案中，有否找到目擊證人？」

「這案沒有目擊證人，」德仔說：「甚至沒有人看見死者進入案發單位。」

「我們推測死者在五月六日凌晨五時接到電

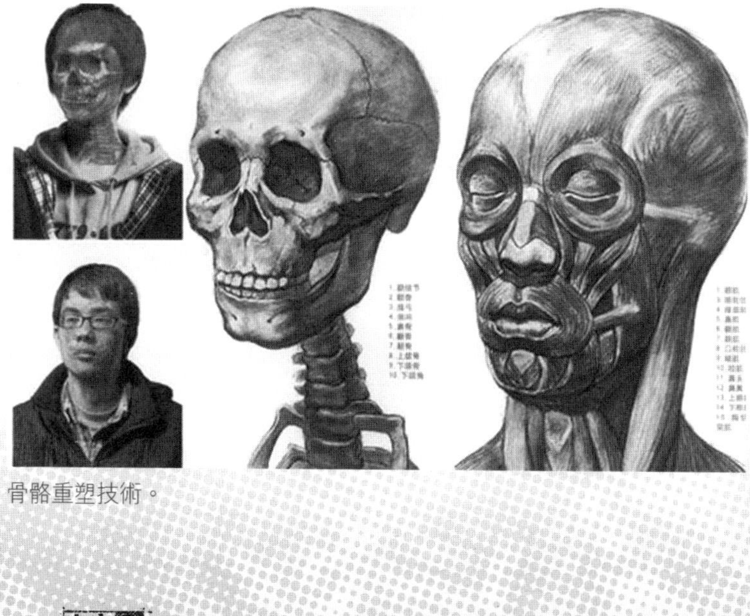

骨骼重塑技術。

話後，由九龍城寓所乘的士往作壆坑村，我們曾呼籲的士司機與我們聯絡，但沒有任何結果。」

「我們不排除大衛駕車接死者到作壆坑村，但大衛否認，亦不承認曾在上述時間致電給死者。」

「死者的同屋證實死者於五月六日凌晨五時左右接到電話後外出，在五月六日凌晨六時左右，有人聽到死者與姬蒂在作壆坑村現場發生爭吵，期間，大衛曾勸止兩人。」

「這件案並無任何直接證據，只靠環境證供證明被告殺人。」德仔說。

情殺案的心理過程

「美姬總督察，從證供顯示，姬蒂在殺人後，用這種恐怖溶屍手法處理屍體，她的精神是否有問題呢？」李能問。

「每個殺人疑犯，都由精神科醫生檢驗精神狀況，經檢驗後，證實姬蒂的精神沒有任何問題。」

「在桃色三角戀愛中，兩個或三個關係密切的人（主要是性愛關係），若長期存在口角之爭，以至互相衝突，就會構成殺人的客觀因素。」

「當衝突白熱化時，就訴諸武力，直至一方死亡為止。情殺，可以說是暴力感情的產物。」

「殺人者一般都有強烈妒忌心態，對被殺者有深刻仇恨心理，經常疑神疑鬼，可以做出滅絕人性的行為。」

「根據統計，在情殺案中，扮演殺人者的已婚女性，一般都有以下的心理過程。」

「首先，兇手本身的婚姻出現問題。案中的姬蒂，在婚後一年即與丈夫分居。隨之而來的，是夫妻關係惡化。姬蒂被丈夫趕出寓所。」

「為求生存或報復，自然有通姦行為發生。姬蒂與大衛發生性行為，把丈夫與新歡比較，如發現新歡較丈夫為佳的話，會要求與丈夫離婚，同時希望與新歡結婚。」

「姬蒂不願遷出作壆坑村，相信是覺得大衛較她的丈夫好。此時，獨佔心理開始形成，凡企圖搶走她愛人的，都是她的敵人，姬蒂起初不知道子君是大衛的未婚妻，當她知道後，更恐怕失去大衛。」

「姬蒂條件比子君差，要得到大衛，子君是最大敵人，在抗拒敵人的行動中，殺人心理形成，殺人者認為只要除去情敵，就可保障到自己利益。」

「鬥爭開始表面化，殺人者會用盡各種方法令對方知難而退。姬蒂拒絕遷出，經常與子君發生口角，目的是令子君離開。未能將子君趕走，最後，就是將情敵殺死。」

「女性對自己所痛恨的人，往往會施以殘酷報復，將怒恨發洩在屍體上，亦非罕見，而且有針對性。」

「例如女性怨恨丈夫有第三者時，在把丈夫殺死後，可能會把丈夫的生殖器切除，她認為如果丈夫沒有生殖器的話，就不會有第三者介入。」

「對於女情敵，視乎殺人者認為她在甚麼地方勝過自己，若是樣貌較自己為佳的話，可能把屍體毀容。」

「姬蒂將子君殺死後肢解溶屍，從心理角度分析，她潛意識中討厭子君的出現，子君出現，可能會搶走大衛，她要令子君在人間消失，所以選擇溶屍。」

分析犯案者心理

美姬分析過女性情殺犯人的心理狀態後，李能問：「殺人者會嫁禍自己所爭奪的人嗎？」

「在一般情況下，除非殺人者對所爭奪的人抱怨恨心態，例如認為那人站在情敵那方逼害她，否則不會嫁禍所爭奪的人。」

「大多數情況下，就算兩人合謀除去第三者，一旦東窗事發，女方會一力承擔罪行。女方會有犧牲自己，救回愛人的心態，從而擁有愛人。」美姬說。

「今次上訴，姬蒂改變口供，是否基於這種心理？」李能問。

「我不知道姬蒂為何這樣做，我只能按一般情況作出分析，但為方便敍述，仍用回大衛、姬蒂、子君，三個稱呼。」

「子君一直要大衛趕走姬蒂，令姬蒂十分憤怒，不過，大衛卻沒有依子君的說話去做，令姬蒂

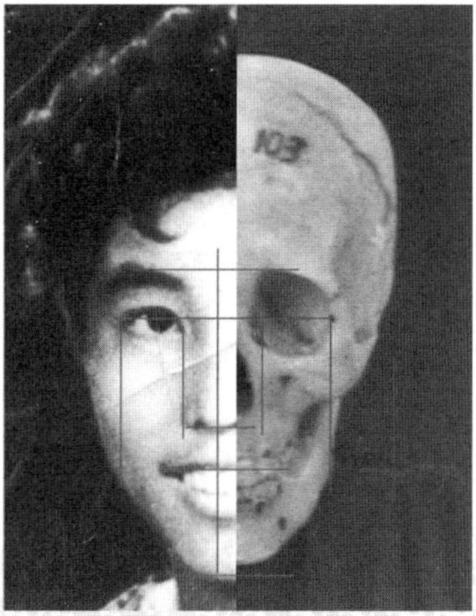

顱像重合鑑定技術。

對大衛有好感。」

「同樣，姬蒂亦有叫大衛與子君斷絕關係，但大衛沒有這樣做，令姬蒂要自己想辦法去解決。」

「殺人後，姬蒂心目中認為，她為大衛清除障礙，所以大衛亦應承擔責任，所以她才指證大衛殺人。」

「判處死刑後，兩人入獄，獄中的生活不好過，姬蒂此時想到，為一時意氣，要終身嘗鐵窗滋味是否值得，於是提出上訴。」

「姬蒂知道，如按以前所作口供，上訴結果將不會改變，所以她宣誓承認以前所作的口供並不正確，並謂大衛沒有殺人，而她亦是在憤怒之中殺人，是誤殺而非謀殺。」

「我認為姬蒂改變口供，純粹從本身利益出發，她聞判後所展示的笑容，可以解釋她的『苦心』沒有白費。」

分析過犯案者心理後，李能問重案組主管黃定邦，是否相信大衛在整件事中，毫不知情。

「這宗兇案由五月六日發生，至五月十二日才被揭發，無論死者在何時遇害，死者或死者的屍體在上述時間都屋內，他在該個單位內居住，可以全不知情嗎？」黃定邦說。

「溶屍的大鐵箱是誰買的呢？抑或浴室之內，根本已有那個大鐵箱？大衛發現那個大鐵箱後，竟然輕易相別人用個鐵箱開他的玩笑？」

「當有人（這個人可能是姬蒂）對他說，殺了他的狗放在鐵箱內，他連去打開鐵箱求證一下的舉動也沒有，這是否合乎常理呢？」

「假如他是無辜的話，為何他不與警方合作呢？為何他不向警方說出事實真相，以求清白呢？」

「在初審結案陳詞時，大衛若認為姬蒂所作的證供對他不利，為何仍堅持不上證人台自辯呢？」

「當法官宣判他罪名成立時，他沒有任何反應，如果他真的被冤枉，為何當時仍能保持冷靜呢？」

「案件重審時，大衛沒有提出任何證據證明他自己沒有罪，他得到釋放，最大原因是姬蒂改變口供。」

「大衛基本上沒有提出證據，證明他自己是無辜的。在大衛獲釋後，曾有人問他法庭的判決是否公平（包括初審判決），大衛説法庭的判決是公平的，雖然他『白坐』數年監，但他沒有抱怨，這亦是不尋常表現。」

可卡因的影響

「另外一點可能是題外話，就是大衛與莎莉都自稱是虔誠教徒，又説兩人有充分了解，可是，兩人連對方的宗教信仰也不清楚。」

「大衛是天主教徒，因為是一名天主教徒神父在獄中向他傳道，令他信教的。莎莉自稱是一名虔誠基督教徒，更用基督徒名義起誓，可是，她至今仍未受浸。」

「大衛以為莎莉是天主教徒，莎莉以為大衛是基督教徒，兩人在宗教信仰方面也弄不清楚，竟説互相深入了解，令人難以明白。」

黃竹坑警察訓練學校。

「很抱歉，警方對此案掌握的資料不多，我只能提出個人的疑問，這些疑問可能是沒有答案。」黃定邦說。

「法醫官湯明，我還有一個問題想請教你，」李能問：「大衛說吸可卡因令到嗅覺失靈，這是否事實呢？」

「這宗溶屍案的揭發或導因，都與可卡因有關，我會詳細講述可卡因是甚麼東西，對人體及心志有甚麼影響。」湯明說。

「可卡因是古柯鹼的其中一種俗稱，其他俗稱尚包括：可可精，C,COKE、FLAKE、SNOW、STARDUST、CHARLIE、CRACK。」

「可卡因及其變種均屬興奮劑，源於古柯樹的樹葉，最初以補藥形式推出。經提煉後，可卡因是一種無氣味，白色薄片狀的結晶體粉末，味道帶苦，在水或酒精中極易溶解。」

「可卡因通常是用鼻吸入，服用者亦可將藥物加熱，再吸入煙霧。此外，亦可將可卡因用水溶解，用針筒注射入皮膚，肌肉或血管之中。」

「長期用鼻吸服可卡因的人，鼻腔組織會受到破壞。極重劑量的可卡因，會嚴重壓抑腦部的呼吸中樞，導致精神錯亂，呼吸淺急和不規律，抽搐和失去知覺，因而引致死亡。可卡因的致死劑量由一克至三十克不等，視乎服用者的接受程度。」

「各位，我詳細講述可卡因對人體及心志的影響，是因為我突然間想到一個假設，會否有人想用可卡因來控制死者，幫助他們進行不法勾當呢？」湯明說。

「從大衛及姬蒂的行為表現，可見他們已有極深的可卡因毒癮，例如大衛經常要人陪他玩牌（無法入睡），難以處理感情問題（精神紊亂），強調精神上的愛情（性無能），不記得所發生過的事（記憶力衰退），嗅覺失靈（鼻腔組織受破壞）。」

「他們花費在可卡因方面的金錢實在太多，令大衛及姬蒂急欲開拓財源，子君是空姐，假如能說服她運毒，就可賺得大量金錢。」

「子君當然不會與他們同流合污，他們打算令子君染上可卡因毒癮，然後用可卡因控制她。」

「子君於五月六日抵達作壆坑村後，兩人游說子君幫他們運毒，為子君嚴拒，結果他們為子君注射一支可卡因針。」

「該支可卡因針按兩人平時服用分量配製，子君在注射後中毒昏迷，兩人不敢報警，將子君抬入房中。數日後，子君中毒過深死亡，兩人才毀屍滅跡。」

湯明說出他的推測，但強調這個僅是結合式推想，未必與事實相符。陪審團從偵緝、法醫、心理，三個角度研究這宗溶屍案後，最後是求法律方面的指引。

「姚嘉敏大律師，可否解釋一下謀殺的定義呢？」李能問警方的法律顧問。

「在香港法例中，沒有謀殺這一條罪。」姚嘉敏大律師說。

「謀殺是一項普通法罪行，由於過往司法判例判謀殺是犯罪，日久就成了一條法則。」

「謀殺（Murder）只是由英文譯過來的字眼，照字面去將謀殺解釋為有預謀的殺人，並不正確。」

「有預計或計畫地令人致死，當然是謀殺，但就算沒有預謀，只因一時衝動，亦算謀殺。」

「謀殺的簡單定義是：任何人心存惡意，非法殺害一個有權受英女皇（統治者）保護的人，而受害人在事後一年零一日內死去。」（這個定義現時已更改）

「為何要在一年零一日內死去才算謀殺，原因是若時間相隔太久，很難確定死者是因該次傷害致命，選一年零一日，是為方便計算，而死者在受傷害三百多日仍然生存，他所受的傷害亦不視為致命傷。」

「殺人罪只限於獨立存活的人，殺死未出生胎兒，不算謀殺，只會被控殺害兒童罪，但若胎兒雖受到傷害，仍然可生存至離開母體才死亡，則傷害胎兒的人，就犯了謀殺罪。」

「法律上規定有些人是無須對殺人負上刑事責任的，例如精神錯亂的人及未滿七歲的兒童，即使殺人，亦不會被控謀殺，因為他們沒有辨別是非能力。」

可卡因及其變種均屬興奮劑，源於古柯樹的樹葉，最初以補藥形式推出。

謀殺的定義

「殺人，不一定有直接行為，例如迫人自殺，明知一個人有嚴重心臟病但仍驚嚇他令他死亡，這亦構成謀殺罪名。」

「要決定一個人是否謀殺，關鍵在於殺人者是否心存惡意。惡意亦包括好意的傷害，例如不忍病者痛苦，關閉他的維生儀器令到病者死亡，亦屬謀殺。

「至於惡意，泛指行兇者立心置人於死，或者有人嚴重傷害他，或者想殺阿乙而將阿甲殺死，都屬於惡意。」

「另一種情況是預計會弄出人命的行為，例如用鐵鏈鎖門然後縱火，因而令到他人死亡的話，都屬謀殺。」

姚嘉敏向陪審團詳細解釋謀殺的定義。

「那麼，誤殺的定義又如何呢？」李能問姚嘉敏。

「娛殺是相對謀殺而言，誤殺 Manslaughter 由英文翻譯成中文，亦如謀殺一樣，譯得並不準確。誤殺從字面解釋，是因誤會而殺人，亦即無心置人於死。」

「不過，正如剛才所說，如想殺阿乙而將阿甲殺死，雖然是殺錯人，但他所犯的是謀殺罪而非誤殺罪。」

「誤殺，簡單的定義，是當時採用的行為，不足令對方死亡，但結果因客觀因素導致他人死亡，或者殺人者並無用武器襲擊死者。」

「例如，兩個普通人拳來腳往，結果導致其中一個人死亡，則屬誤殺。不過，如果一個曾受武術訓練的『大隻佬』，打死一名普通人，則可能被控謀殺，因為『大隻佬』本已被視為一件武器。」

「另一個例子是，劫匪行劫時，將事主綁捆得太緊，令他窒息死亡，則是誤殺。」

有時，被控誤殺的，不一定有份參與，只要當時在現場，本身有責任制止而沒有去做，當弄出人命時，他可能會被控誤殺。」

「例如母親毒打兒子，父親袖手旁觀，其後兒子因傷死亡，除母親被控謀殺外，父親亦會被控誤殺，因為他沒有履行保護子女不受傷害的責任。」

「此外，不顧後果魯莽駕駛導致他人死亡，如當時司機的行為十分過份，則亦可能控誤殺。」

「不過，如果一班朋友嬉戲，不慎將其中一人推倒地上，令到他死亡，這就不一定是誤殺，可能只列為意外事件。醫生開錯藥或治療不當，令到患者死亡，亦不構成誤殺，而是疏忽。」

姚嘉敏大律師又向陪審團詳細解釋誤殺的定義。

「姚律師，我們經常聽到謀殺罪名不成立但誤殺罪名成立，這又是甚麼意思呢？」李能問。

「謀殺與誤殺都是殺人，簡單劃分，心存惡意使用能置人於死的武力，即為謀殺。假如被告能證實殺人時已失去理智，則屬誤殺。」

「最普通情況，是受到對方挑撥，因失去自制而殺人。例如深愛妻子的丈夫捉姦在床，之後一段時間，與那人狹路相逢而將他殺死，則不能用被激怒除謀殺責任。」

「如何判斷在何種情況下會因被激怒而殺人，則要陪審團設身處地去想象，假如自己是被告，在那種情況下，是否會殺人。」

「香港廢除死刑後，謀殺與誤殺的最高刑罰都是終身監禁，所不同的，謀殺罪成立的話，一定判終身監禁，亦即最少坐監二十、三十年才有機獲釋。」

「誤殺罪名成立最短刑期沒有下限，理論上可判當庭釋放，不過一般都會判三至七年監禁。」

「有部分被告會否認謀殺但承認誤殺，往往得到警方或法庭接納。」

李能聽了姚律師的講述後問：「姬蒂改變口供，她是否犯了誣告罪呢？」

「誣告本身不是一條罪名，」姚嘉敏大律師說：「不過，誣告者往往會同時犯以下罪名，包括：浪費警方人力、發假誓、作假證供、串謀妨礙司法公正等罪名。」

「姚律師，」李能問：「當法庭裁定被告罪名成立，他可以上訴，若法庭裁定被告罪名不成立，原告又是否可上訴呢？」

「根據香港的刑事檢控法例，被告對判決不滿，可以提出上訴，但原告則無這種權利。」

警方法律顧問姚嘉敏大律師在模擬法庭內作出闡釋。

「根據香港現行司法制度，當法官聆聽控辯雙方證供，作出裁決，判處被告無罪釋放後，原告人就無法對被告提出起訴。」

「就算原告日後找到新的罪證，或被告承認罪行，當局都不可以用同一條罪名，去起訴被告。」

「這種制度，是避免控方在未有足夠證據前，對被告提出起訴，令被告能有較大保障。」

聽完姚嘉敏大律師的法律引導後，模擬陪審團退庭商議，結果陪審團無法取得一致意見，原因是陪審團無足夠資料作出判斷，因為箇中的疑點實在太多了。

事件的真相，會否永遠是一個謎？

溶屍奇案之再訪凶宅

臥底神探智破碎屍案

重案組黃Sir

一九八四年九月十九日深夜，九龍長沙灣荔枝角臨時房屋區，傳出一陣爭吵聲，繼而一聲慘叫，隨之而來是一片沉寂，只有兩個人的沉重呼吸聲。

「各家自掃門前雪」是香港人的自保哲學，聽到這些聲音的人未加理會。

兩小時後，一宗恐怖萬分的碎屍案隨即被揭發。

九月二十日凌晨二時，有雨。

港島刑事情報科一位休班探員，與友人食宵夜後，駕車送他們回家後，汽車因天雨慢駛，途經大窩坪道澤安邨附近時，探員透過車頭擋風玻璃，看見路旁有一名青年倚着燈柱歇息，旁邊有兩個大型旅行袋。

這一剎那景象，隨汽車向前駛而後退。

兩個旅行袋

「這麼晚還冒雨搬東西？」探員的偵探頭腦被那名青年觸動。

這可能與罪案有關，探員把車停在大埔道口，冒雨步行折返那名青年所在之處。

此時，那青年已休息完畢，再度提起那兩個旅行袋，沿斜路慢慢往附近的山坡行去。

「喂，前面的人站着，我是警探。」探員向青年喝道。

那名青年聞聲後停了步，探員急步走到那名青年身旁。

探員尚未站穩，那名青年突然轉身揮拳打向探員的臉，探員閃避不及，捱了一拳後，滿天星斗，跌倒在地上。

那名青年一擊得手，不敢久留，轉身往山上走，瞬間消失在黑暗中，遺下兩個大旅行袋在地上。

探員稍為定過神來，知道已無法追到那名青年，俯身檢視那兩個旅行袋。

他把旅行袋的拉鏈拉開，發現內有一張毛氈，毛氈包着一些又軟又暖的東西。

一種不祥感覺，侵入探員的神經之內。

「不會吧！」他希望自己所想的並非事實。

不過，當他拉開毛氈時，事實就擺在眼前。

旅行袋內，所載的是一具殘缺屍體。

那是由腰部至胸口的上半身碎屍，探員呆了一會，但很快，他將另一個旅行袋打開，內裏果然有另一些碎屍，是腰的下半截，以及一雙大腿，小腿及腳掌則未見。

探員看了看，碎屍的下半身有男性性器官，死者應是男性，但兩袋碎屍沒有人頭及雙手。

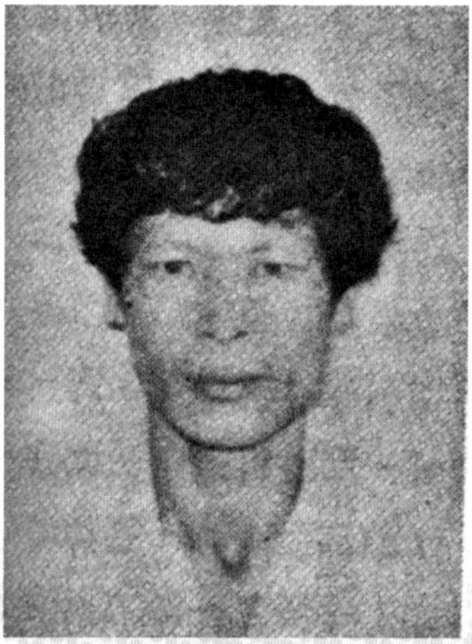

遭殺害肢解棄屍的李六。

事態嚴重，探員通知上峰派人到場調查。

法醫到場，證實死者是一名中年男子，屍體被分割的部位十分整齊，屍身上血漬不多，推測死者被人謀害後，遭肢解分屍。

肢體上有鋸痕，藏屍的其中一個旅行袋內，有一把用舊了的木板鋸，相信兇手用此鋸將死者分屍。

法醫對探員說，屍體十分「新鮮」，被發現時死去不足兩小時，案發第一現場應在附近。

警方於同日早上七時，派出大隊藍帽子警員，冒雨作地氈式搜索，並召來兩頭警犬協助，但無突破性發現。

推測兇手

死者被木板鋸分屍，探員推測兇手或死者因工作要用木板鋸，職業可能是木工、裝修工人或地盤工人。

「那名青年年約二十五歲，身材健碩，當時身穿T袖及牛仔褲。」遇襲的探員對重案組主管講述事發情況：「樣貌看不清楚。」

警方將疑人資料發給各單位留意，又派人到大窩坪一帶進行問卷調查，加緊截查可疑人物。

九月二十三日，一隊警員在長沙灣荔枝角臨屋區巡邏時，發現五名男子在一間屋外聚集，認為有可疑，上前查詢。

五名男子異口同聲，到上址找一名叫李六的工友。

「李六為我們保管裝修工具，可是他近日卻失蹤了，我們取不到工具，開不到工。」其中一名男子說。

一名警員走近大門，從門縫向內查看，一陣異常惡臭從門縫傳出來，憑經驗推測，那是一種屍臭味道。

警員想起數日前附近有碎屍發現，認為事有可疑，通報上峰要求破門入內調查，上峰批准。

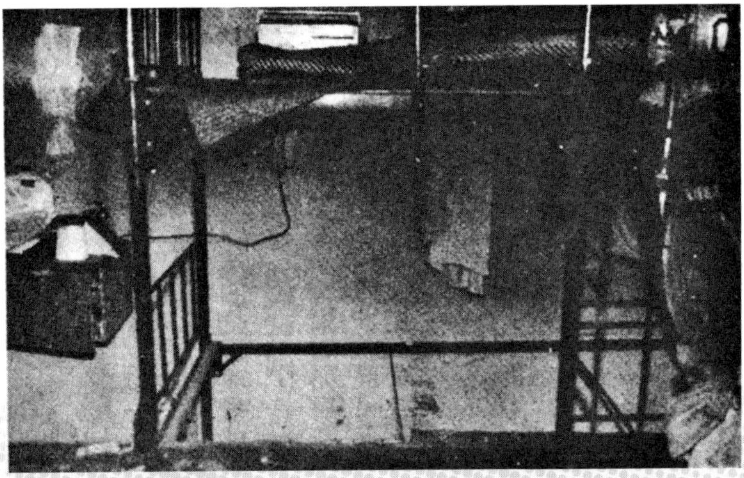

李六部分殘肢，被藏在鐵罐內，放在這床的床下底。

警員召來臨屋區區長做證人，由警員破門入內。

大門一打開，一陣惡臭由內湧出，各人連忙掩住口鼻。

臭味中人欲嘔，警員問居民取了一大紮香，燃點及在空氣中揮動，好一會後，屍臭才稍稍減少。

警員入屋搜查，在屋內的床下底找到一個兩呎高的圓形鐵桶，臭味就是從這個鐵桶傳出來。

各人合力將鐵桶拉出來，將鐵蓋打開後，發現其內有一雙斷手及小腿連腳掌，並用批盪用的「福粉」醃着。

警員又在屋內一個紅色膠垃圾桶內，找到一個已腐臭的人頭及一大堆異常可怖的人體內臟。

這些人體遺骸，送到殮房由法醫檢驗。

法醫將這批遺骸與日前檢獲的殘肢比對，證實來自同一個人。

「雖然屍身已經腐爛，但『福粉』將屍體的其中一隻手指的指模保存得甚好。」法醫說出令探員喜出望外的發現。

經核對檔案，證實死者就是李六。

根據李六同鄉提供的資料，探員知道李六現年三十歲，由內地來港五年，職業是裝修工作，在港只有一個年逾七十歲的叔父，鄉間仍有親人。

「李六打算在年尾返鄉下結婚，想不到竟然被殺害了。」李六的同鄉惋惜地說。

李六被殺害肢解，轟動整個臨屋區，李六一名姓焦的同鄉兄弟向探員提供線索。

「阿六（李六）與一名同鄉兄弟李財義同住，兩人由鄉間偷渡來港，取得綠印身份證後，原本住在山邊木屋，後因清拆才搬到這裏。」焦某說：「相見好，同住難，兩人日久不和，常有爭執。」

焦某說，發生兇案那晚，他曾到來找李六及李財義聊天，但屋內只見李財義一人在屋前的浴室洗身。

「平日，李財義會招呼我入屋，但當晚李財義卻不准我入屋，我說要找李六時，他說李六不在家，將我驅逐，當時約晚上十一時，我只好回家。」

經深入調查，重案組探員得知，案發後，除李財義失蹤外，平日與李財義稱兄道弟的阿基亦不知所終。

隔離盤問

李財義由內地來，探員推測他犯案後會逃回內地，通知各出入口岸留意李財義及阿基，同時派探員二十四小時監視案發單位。

數日後，李財義與阿基一先一後返回案發單位，探員將他們拘捕，帶返重案組總部調查。

兩人均否認殺人，對探員盤問採取不合作態度，只說兩人過去數天一起到大嶼山旅行，其餘甚麼事都不知道。

重案組探員將兩人分開隔離盤問，但仍未能令他們招供，調查工作毫無進展，只得將兩人扣押在不同羈留所。

羈留所內除李財義外，還有三名犯人，那幾名犯人對李財義視若無睹，各自講自己的犯案情況，李財義幾次想搭口，但都被這三人阻止。

三人談了好一會，其中一名叫阿飛的說，自己與日前在大窩坪發生的碎屍案有關被警方拘捕，其實他是冤枉的。

「班死差佬（警察）搵唔到兇手，屈（冤枉）我係兇手，重話夠料砌（控告）我，今次死梗。」阿飛說。

李財義這時突然搭口：「那案是我做的，怎會拉你？」

「你做的？殺了人又怎會承認？」阿飛露出不可置信的神色：「就算是你做的，也幫不了我。」

「你依我的方法去做，警察就拿你沒法。」李財義胸有成竹說：「我將事情始末說給你聽，你見招拆招就可以。」

李財義對阿飛說，案發當日，他與阿基回到案發單位時，李六不滿李財義經常帶阿基回來住，騷擾他的安寧，兩人發生口角，混亂中，李六被人殺害。

殺人後，李財義在阿基協助下，將死者肢解，阿基將部分殘肢放入兩個大旅行袋內，打算將那兩袋殘肢拋棄在山邊。

當時正下雨，兩個旅行袋很重，阿基在路邊歇息時，被探員發覺，他將探員打倒後，棄下旅行袋奪路而逃。

阿基逃回臨屋區，李財義正在處理其他殘肢，他知道阿基棄屍被撞破，知道棄屍已不可能，將其餘遺骸藏在一個鐵桶及一個垃圾桶內，兩人離開單位，到大嶼山暫避。

李財義口沒遮攔地說犯案經過時，他的說話已被暗藏的錄影機錄下。

十月初，李財義及阿基同被解上北九龍裁判署過堂。

警方相信阿基是當日攜旅行袋棄屍的人，可惜遇襲探員未能把他認出，數度提堂後，阿基獲得釋放。

一九八五年三月，李財義轉解高院審訊，控以一項謀殺罪名。

被告一直否認，但未為自己辯護。

經過十三日審訊，一九八五年三月二十五日，陪審團一致裁定被告謀殺罪名成立。

主審法官按察司班士，依例判被告死刑。

探員在棄屍山坡搜集證據。

完全死亡手冊

生物靠新陳代謝來產生能量來維持生命，新陳代謝停止，生命也就終結，死亡隨即來臨。

生命活動的能量，主要由各種營養物質通過氧化供給，氧化過程必須不斷從外界環境吸收需要的氧氣，排出氧化過程產生的二氧化碳。

氧氣的內外交換是新陳代謝必要條件，交換停止，新陳代謝就不能繼續，機體就會死亡。

傳統觀念認為，心跳和呼吸完全停止，不能再使其恢復時，即可判定死亡，心跳停止和呼吸停止是判斷死亡的兩個最重要的數據。

傳統法醫學根據心跳停止和呼吸停止判斷死亡，按心跳與呼吸的停止先後，將死亡分為心臟死和呼吸死兩大類。

心跳停止多是漸進性的，通常是心臟功能首先逐漸減弱，直至心臟停止跳動。

不過，在電擊死、原發性心臟病以及高碳酸血症或其他外來刺激，引起迷走神經反射等情況下，心跳可能會驟然停止，而非逐漸減弱。

呼吸死又稱肺臟死，是呼吸先於心跳停止所引起的死亡。

呼吸死主要起因於機械性窒息（如呼吸道閉塞、胸腹部受壓）、肺病變、肺氣腫、氣胸、血氣胸、胸腔積液、肺栓塞、麻醉過深、觸電、延腦呼吸中樞受壓、損傷、各種原因引起的呼吸麻痺、呼吸運動神經損害以及呼吸肌麻痺場合。

呼吸停止時，肺內留存的氧量決定心跳停止的時間短。一般情況下，肺臟正常的人，呼吸停止後，肺血液和組織液中儲存的氧約能維持四分鐘，之後機體嚴重缺氧，心跳也隨之停止。

如果在呼吸停止以前曾呼吸過純氧，心跳可維持更長時間，甚至可延長十至十五分鐘。在空氣不足情況下停止呼吸，由於肺內的含氧量較少，心跳可能在一至兩分鐘內停止。

醫學科學技術衝擊傳統死亡概念，心搏器、體外循環、呼吸機械等機械復甦技術，心跳和呼吸都已經停止也有回生可能。

失去大腦和腦幹功能，可藉呼吸機、心臟起搏器、人工腎等輔助，保持心肺功能，藉這些機器維生的，究竟是生還是死，現時在醫學界仍有爭論。

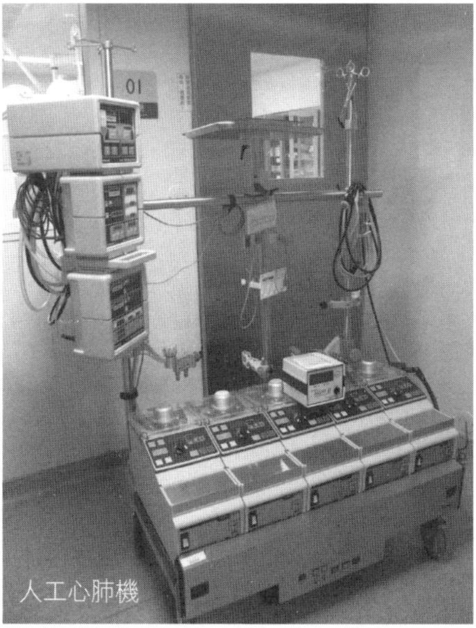
人工心肺機

奇案02

犯罪專家法網難逃

重案組黃 Sir

熟悉犯罪手法及查案技巧的人，是否能做出天衣無縫的罪案？

理論上是可以的，只要不留下任何可供追查線索，就可以逃出法網。

不過，根據羅卡定律，凡接觸必留下痕跡，要犯案不留痕，幾乎沒有可能。

胡志強是一名水警督察，在學堂受訓及實際警察工作經驗，他知道最徹底消滅證據的方法，就是用火。

他從私家車的行李箱，拖出一個用牛仔布縫製的大布袋，布袋內裝了一件體積不少的物體，脹得鼓鼓的。

他將那個牛仔布袋放在一處草地上，再從行李箱取出一罐電油，將罐內的電油全灑在牛仔布袋上，隨手將空的電油罐拋到附近一個小斜坡，掉在一處小叢林中。

胡志強沒有接受過犯罪現場蒐證訓練，否則他會將電油罐帶走，而非拋棄在現場附近，也許，這就是天網恢恢吧。

他自以為十全十美的殺人毀屍滅迹計劃，因這一拋而留下一個致命破綻。

燒焦的屍體

打火機吐出的火焰，把漆黑的空氣燃燒起來，火與電油一經接觸，那個牛仔布袋立時亮得像一個太陽。

火勢來得快而猛烈，強度在胡志強估計之外，他走避不及，額前一小撮頭髮被燒焦了，這是第二個致命破綻。

眼看火勢由強轉弱，最終完全熄滅，牛仔布袋己燒得焦黑，露出燒成焦炭的人形物體。

胡志強嘴角泛起微笑，駕車離開。

一九八五年四月三十日下午三時半，燒成焦炭的人形物體被發現，警員接報到場，證實那件人形物體，是一具燒焦了的屍體。

在屍體方圓百呎的草坪，亦有被火燒過的痕跡，相信發現屍體的地方，是燒屍第一現場。

重案組探員到場，首先要確定死者是自焚而死？死後被人焚屍？被活活燒死？

根據屍體的模樣，資深重案組探員認為是死後焚屍居多，若是活生生被燒死的話，除非被燒時已失去知覺，否則會有滾動痕跡。

「若被燒時還未死，肌肉被燒時會

探員在燒屍現場搜證，小圖為死者伍渡霞。

有『生活反應』，出現『拳師姿勢』（如西洋拳拳手打拳時的形態），但這具屍體卻沒有。」資深探員向後輩傳授心得。

法醫到場，初步檢驗屍體，從屍體的乳房及生殖器推斷，死者是一名女性。

「死者呼吸道沒有濃煙成份，相信是死後燒屍。」法醫的結論與資深探員相同。

屍體舁送殮房，由法醫詳細解剖，發現死者已非處女，最後一次性行為，在遇害前五天進行，陰戶內沒有精液遺下。

「死者頸骨破裂，相信是被人大力緊扼頸項，窒息致死。」法醫說：「死因是機械性窒息。」

追尋死者身份

翌日，重案組探員循兇殺案程序展開調查，大隊藍帽子警員，奉召到場作地氈式搜索，尋找證物。

這次搜索，找到兩個一加侖裝的汽油空罐，一新一舊，一把梳子，三個五元硬幣，一塊染血石頭。

經鑑證科人員詳細分析後，認為只有那個新汽油罐與案有關，因為汽油罐內的汽油成份，與殘留在屍體身上的汽油，成份一致。

那個新汽油罐罐身的紅色漆油部分，有與金屬刮損痕跡，但在現場未撿到相關金屬品，至於其他撿到的物品，相信與案無關。

屍體被燒至面目全非，除確定是女性外，身份難以證實，警方透過傳媒及在案發現場一帶進行問卷調查，希望能找到死者身份。

另一方面，警方亦核對失蹤人口資料，安排相關人士認屍。

翌日上午，一名自稱伍太的婦人與警方聯絡，懷疑死者是她的女兒伍渡霞。

警方安排伍太及她的兩名女兒到殮房認屍，憑死者手上所戴的一隻鑲有象尾毛的銀戒指，認出死者身份。

在泰國，大象代表幸運，用大象尾毛做成的飾物象徵愛情、健康、財富及一切順利。

「阿霞早前去泰國旅行，這隻介指是她買的，我們都見過。」伍渡霞的家人對探員說。

不過，單憑一隻在泰國隨處有售的象尾毛戒指，很易「擺烏龍」認錯屍，探員到伍渡霞家中，將她用過的物品及衣物，交由鑑證科化驗。

化驗結果顯示，床單上一點乾涸了的經血，與死者血型相同（當年香港還未採用 DNA 鑑證），在枕頭上找到的一根頭髮，亦與屍體一致，死者身份獲進一步證實。

重案組探員假定死者為伍渡霞，以她為中心，調查她所認識的朋友，但無收穫。

探員將調查範圍擴大至與死者有接觸的人，第一個目標，是死者工作地方。

伍渡霞中學尚未畢業，為幫補家計外出工作，遇害前，在荃灣大白田街一間時裝店任職售貨員。

該間時裝店只僱了兩名售貨員，除死者外，還有一名姓洪的，該名女職員在死者出事後，被僱主無理解僱了，時裝店因無售貨員而暫停營業。

探員認為事有可疑，一方面追查姓洪女售貨員下落，一方面調查那間時裝店背景。

調查所得，該間時裝店有兩個老闆，一名姓黃，另一為胡志強。

胡志強，四十二歲，已婚，在水警部門任職十七年，當時在尖沙嘴水警總部主理福利部，職級是督察。

「胡志強有兩名子女，最近與妻子鬧分居，間中到風月場所消遣。」重案組探員向主管報告。

知道店東是水警督察後，重案組探員在調查時格外小心，以免對方循內部途徑，知道調查進展。

鎖定嫌疑犯

「被解僱的姓洪女售貨員已經找到了。」探

死者屍體在八仙嶺郊野公園被發現。

員對主管說：「她說伍渡霞原在另一間時裝店任售貨員，胡志強遇上她後，與她交往了一段短時間，就與姓黃朋友，合資開了一間時裝店給她打理。從兩人日常應對及行為推測，胡志強有心追伍渡霞，但她卻無意發展這段感情。」

那名女職員又說，有一晚，胡志強邀她及死者放工後到新界遊車河，大家都玩得很開心。

「女職員說，回程時，胡志強將車駛到八仙嶺郊野公園，將車停下，取出兩罐已開的罐裝飲品，遞給她們喝。」探員說：「女職員說，她們看到罐邊有些白色粉末，認為有可疑，拒絕飲下，雙方因而鬧得很不愉快，胡志強其後將兩罐飲品丟棄，餘怒未消地送她們回家。」

「那名女職員推測那些白色粉末是迷藥，從而推測胡志強尚未得到死者，否則也不會用到落迷藥這一招。」探員說。

綜合各種人證物證，重案組主管認為胡志強嫌疑最大，為怕夜長夢多，向上級請示後，下令將他拘捕。

鑑證人員在胡志強私家車的行李箱內，發現一些血漬混合在鐵鏽內，在一條後備車呔上，發現一些紅色漆油。

血液經化驗後，證實與死者相同，而在後備車呔上發現的紅色漆油，與在現場撿到的汽油罐上的紅色漆油相符。

重案組探員將胡志強列為重點調查對象，為他進行警誡作供。

「我在案發前兩天才認識她（死者），以前從沒有見過死者。」胡志強對探員說：「案發當晚，下班後我到美孚影都戲院看九點半電影（有票尾為證），於凌晨一時回家睡覺。」

「你當晚有見過伍渡霞嗎？」探員問。

「沒有。」胡志強答。

「你在過去一個月，有去過八仙嶺郊野公園嗎？」探員問。

「沒有。」胡志強答。

探員到戲院查證，一九八五年四月二十六日至五月三日，美孚影都戲院上映由彭齡導演的《魔咒》。

影都戲院位處美孚新邨，有座位一千七百二十五個，一九八五年平均入座率只有兩成。

「案發當晚九點半的一場電影，影都戲院只售出一百三十八張票，在售位表上，胡志強右邊的票亦已售出，在整排座位中，亦只售出這兩張，推測當晚志強並非單獨看電影，而是有人陪的。」探員對主管說：「與胡志強一起看電影的，會不會就是死者？」

纖維鑑證

探員再度提訊胡志強，他推翻了先前口供，說：「我與伍渡霞已認識了一段時間，之前說謊是因為我是有家室的，怕引起誤會。」

胡志強說，當晚的確約了死者到美孚戲院看電影，所以買了兩張相鄰的票，但死者失約沒有來，他自己看完電影後，獨自回家。

伍渡霞是否有與胡志強在案發當晚一起看電影，是調查重點。

案發前，兇手曾與死者在美孚影都戲院看電影。

為搜集更確切證據，重案組主管召來鑑證科專家，到影都戲院蒐證。

專家在胡志強購票的兩個座位，分別撿到胡志強及伍渡霞的毛髮，在兩固座位之間，撿到兩種「纖維」。

「纖維」經化驗後，一種屬羊毛纖維，與死者屍體上身穿的羊毛衣相符，另一種纖維是泰國象的象尾毛，與死者身上所戴的象毛介指相符。

探員其後搜查死者任職的時裝店，時裝店雖已被人「清理」過，但仍找到一些與死者相符的血漬。

探員推測，胡志強與死者看完戲後，送她回位於葵涌邨的家時，訛稱要到時裝店取東西，騙死者一同進入店內。

進店後，胡志強企圖向死者施暴，遇到頑抗，混亂中將死者扼斃。

殺人後，胡志強在店內找到一個牛仔布袋裝載屍體，放進汽車行李箱，運到八仙嶺郊野公園，燒屍滅迹。

探員其後查到，胡志強在案發當晚，曾在大埔一個加油站購買一罐與現場撿獲的汽油罐一樣的汽油。

相隔大約一小時，胡志強又在同一加油站入油。

警方將胡志強落案，控以謀殺伍渡霞罪名。

一九八六年一月二十一日，胡志強被解上法庭受審，他否認控罪。

一九八六年二月十七日，該案審結，四男三女陪審團，一致裁定被告罪名成立，法官依例判胡志強死刑。

犯罪專家法網難逃
(視像版)

奪命提款單

重案組黃 Sir

重案組總部，探員綜合線索，得出兩個結論，一個是張蕙芳已被殺害，另一是落入賣淫集團手上，禁錮她做搖錢樹，甚至已被送離香港。

一九八五年一月二十三日，傍晚五時半。

張蕙芳與幾位女同事，嘻嘻哈哈地登上由港島開往九龍的地下鐵列車（現稱港鐵）。

她們是灣仔某間影印機公司的營業代表，這天相約到旅行社，報名參加歐洲旅行團。

張蕙芳長得很漂亮，眼大大、鼻尖尖，身材亦十分動人。

「賴先生待會是否來接你呢？」一名女同事打趣問張蕙芳。

此時，地鐵列車剛抵達尖沙嘴站。

「他約了我在旺角站等。」張蕙芳心中甜絲絲的，她與姓賴男友熱戀了好一段日子，兩人已在新蒲崗爵祿街康景樓賴先生家中同居，準備今年年底結婚。

幾個女郎邊談邊笑，地鐵到了旺角站，張蕙芳跟同事揚了揚手，獨自步出車廂。

這是她們最後一次見到張蕙芳，那是一九八五年一月二十三日，傍晚六時。

失蹤報案

翌日，張蕙芳仍無蹤影，賴先生與張蕙芳的家人協商後，向警方報案。

「我約了蕙芳在旺角地鐵站等，但因有事，遲了到旺角地鐵站，到達時已見不到她，我以為她自己先回家，所以趕回家看看。」賴先生對探員說：「以前我失約，她也會這樣做，回家後被罵幾句就沒事。」

世事如棋，賴先生回家後，不見未婚妻蹤影，到晚上十時，開始坐立不安。「我打電話到她家中問，他們說蕙芳沒有回去。」賴先生說：「我逐一打她的同事電話，最後與她一起的同事說，她在傍晚六時，在旺角地鐵站下了列車。」

案件由失蹤人口調查課接手，但張蕙芳如在人間蒸發，不留一絲痕跡。

除報警外，張蕙芳的家人在多份報章刊登尋人啟事，希望找到張蕙芳下落。

三個月後，張蕙芳仍無任何消息。

這宗失蹤案，此時由失蹤人口調查課，交由重案組處理。

「根據地鐵站的閉路電視，張蕙芳在旺角地鐵站大堂等了約半小時，仍未見男友來接她，她看了看手錶，呶了呶小嘴，離開了地鐵站，相信是自行乘車回爵祿街。」探員在商討案情時作出推測。

重案組探員到張家調查，獲得一條重要線索。

「張蕙芳失蹤前，有沒有甚麼特別計劃呢？」探員問。

「蕙芳計劃在今年年底結婚，結婚前打算與朋友去歐洲旅行。」張蕙芳的家人答。

「去歐洲要花不少錢，她會不會因為有巨額金錢在身，因而出事呢？」探員問。

「不會，蕙芳對錢銀很小心的，為方便拿錢交給旅行社，她從一間利息較高但分行不多的銀行，轉錢到分行較多的另一間銀行，方便提取，這樣做也不用帶巨額金錢在身。」張蕙芳的家人對探員說。

銀行調查線索

探員認為，如果張蕙芳仍在生的話，她極可能會到銀行提取現金使用，於是到銀行查看張蕙芳的戶口情況。

「這個戶口原本有三千六百多元，但在一九八五年一月二十四日，被提取了三千五百元。」銀行查看記錄後對探員說。

提款的日子，正是張蕙芳失蹤翌日，究竟是張蕙芳親身到銀行提款，還是他人冒名提取呢？

銀行方面，對於提款單的處理，一般保存三個月，之後縮影作微形菲林存入檔案。

在探員要求下，銀行職員將一月二十四日那天，張蕙芳所簽的提款單放映出來。

「那筆錢是在九龍城分行提取的。」銀行職員對探員說：「簽名的是張蕙芳，但提款的是一名叫彭育庭男子。因為提款超過二千元，我們規定提款人要在提款單後背書，銀行職員亦會登記提款人的身份證資料。」

探員其後到銀行的九龍城分行，找到當日辦理這宗存款的銀行女職員。

「我還有點印象，提款的人是『阿燦』，他的廣東話說得不正。」女職員想了一會說：「由於戶口是女性開的，我曾問過他，戶口主人與你有甚麼關係？那人粗聲粗氣地說，戶口是他老婆的。」

「我核對過簽名沒有錯，戶口內也有足夠存款，由於提款額超過二千元，按銀行規定，若不是存戶親身提取，要在提款單背書。」女職員說：「我要求他背書，他並不願意，用粗口罵我，由於出現異常情況，我暗中按下閉路電視錄影，以防萬一。」

那名男子無計可施，終於在提款單後背書，並拿出身份證給女職員登記，女職員如數將三千五百元現金交給那名男子。

緝拿疑犯

「錄影帶洗了沒有？」探員最關心這個問題。

十數分鐘後，那名女職員從錄影帶中認出那名男子，那人年約二十歲，重案組探員將錄影帶取走，展開緝拿行動。

重案組總部，探員綜合線索，得出兩個結論，一個是張蕙芳已被殺害，另一是落入賣淫集團手上，禁錮她做搖錢樹，甚至已被送離香港。

基於第二個可能性，警方加強搜查色情場所，特別留意張蕙芳的蹤影，色情場所鬧得雞犬不寧。

另一方面，探員根據提款人彭育庭身份證填報的地址追查，發現他所報的地址早已拆遷，連向街坊查詢的機會也沒有。

「銀行女職員說提款人是『阿燦』，他所持的是臨時身份證，很快就到期更換，我們將他的資料通知警方各單位及人民入境事務處，請他們留意。」重案組主管對探員說。

一九八五年七月三日，尖沙嘴東部人民入境事務處，一名男子到來辦理CI（身份證明書）申請手續。

那名男子將表格交回時，人民入境事務處職員，發現這名申請人的身份證號碼已列入「黑名單」，他的姓名叫彭育庭。

彭育庭報住的地址，是九龍橫頭磡臨時房屋區，入境處職員按程序通知警方。

探員接報迅速到達入境處，彭育庭仍與一名巴基斯坦裔男子談笑自若，兩人被探員帶返重案組總部隔離盤問。

巴籍男子說自己是新蒲崗爵祿街康景樓看更，彭育庭是康景樓的清潔工人，兩人這天相約到入境處辦理旅遊證件。

重案組主管研究過口供後，認為巴籍看更與案無關，將他釋放。

新蒲崗爵祿街康景樓，張蕙芳男友賴先生就在這幢大廈居住，張蕙芳難道就在康景樓失蹤？

探員抱張蕙芳仍然生存的萬一機會，迅速提審彭育庭：「張蕙芳現在哪兒？你與她有甚麼關係？」

「甚麼張蕙芳？我不認識她。」彭育庭矢口否認。

「你到銀行提錢時，說她是你老婆，你怎會不認識？」探員不容他有思索機會，緊逼地問：「你殺了她，取了她的存摺提款，我們若不是有證據，又怎可以找到你，你快些招來，不要浪費時間！」

承認殺人

在重案組探員威逼利誘下，彭育庭終於認殺死張蕙芳，將屍體藏在康景樓八樓停車場旁邊，儲放掃把及竹籮的垃圾房內。

張蕙芳在新蒲崗爵祿街康景樓內被殺害。

探員隨即把彭育庭押到康景樓八樓垃圾房，彭育庭用鎖匙開了鐵閘，在竹籮後面有一個麻包袋，袋口用鐵鏈捆實，用一把鎖鎖着。

探員這時已聞到陣陣屍臭，有經驗的探員拿出一些檸檬葉含在口裏辟臭。

彭育庭手忙腳亂開了鎖，解開麻包袋，裏面還有用繩紮着的尼龍袋，袋口已有難聞液體滲出。

尼龍袋解開後，一具嚴重腐爛發脹屍體呈現眼前，面目無法分辨，手腳仍被尼龍繩捆綁。

張蕙芳的家人及她的同居男友，從死者僅存的衣服、頭髮、鞋子，認出張蕙芳的身份，其後經多項科學鑑證，死者身份確定為張蕙芳。

起出屍體後，重案組探員為彭育庭錄取口供。

「我與父親一家人，負責康景樓整幢大廈的清潔工作，我負責地下到八樓，工作時間是晚上八時至十一時。」彭育庭在探員警誡下，供出殺人經過。

一九八五年一月二十三日晚上六時許，彭育庭與一名朋友在六樓進入升降機，當時升降機內只有死者一人，他們見色起心，起了歹念。

「我熟悉大廈環境，知道八樓很少人出入，當升降機到達八樓時，我們就把她拉出升降機，拖到垃圾房。」彭育庭說：「我們搜她身，但沒有甚麼值錢的東西。在她的手袋內，我們找到一本存摺，內有三千六百多元存款，於是逼她寫了一張提款三千五百元的提款單，並且簽了名。」

彭育庭說，當時銀行己關門，翌日才可提款，於是用繩將死者捆綁，用布塞住她的口，將她放入一個尼龍袋內，再用一個麻包袋裝着。

「之後，我們鎖好垃圾房的門。」彭育庭說：「第二日，我們到銀行提款，拿到錢後，打算到垃圾房放了她，豈料她已經死了。」

否認謀殺

一九八五年七月五日，警方將彭育庭落案，控

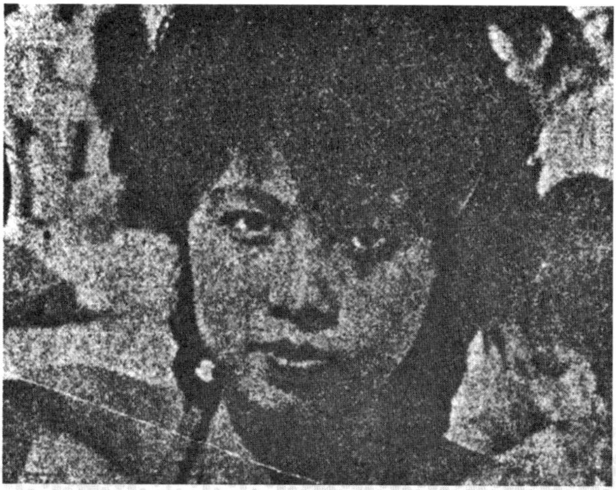

張蕙芳遭謀財害命。

以謀殺女子張蕙芳及行劫張蕙芳三千五百元罪名。

同年十二月初，彭育庭轉解高等法院審訊。

主控官在庭上指出，這宗劫殺案可能只是被告一人所為，他所稱的朋友根本不存在，目的是想減輕自己罪名。

「被告與受害人經常在同一幢大廈出入，彼此都有印象。今次的劫殺案，可能並非如被告所說的簡單，背後可能有『不可告人的事』。」主控官說：「被告犯案時沒有蒙面或掩飾身份，顯見他有殺人滅口企圖。」

彭育庭自始至終否認謀殺。

「被告個子細小，根本無可能殺害比他略高的死者。因此，這宗案件有在逃者的說法是可信的。」彭育庭的辯護律師說：「我的當事人只不

張蕙芳的屍體藏在康景樓停車場附近的垃圾房。

過受該名同黨指使，才有此案發生，所以這是一宗行劫及誤殺案。」

一九八五年十二月二十四日，全案審結。

大法官在判案前指出：「這件案十分複雜，本席相信，在受害人死亡前，可能有『其他事』發生過，但因屍體在案發半年後才被發現，屍體嚴重腐爛，驗不到有『其他事』的證據，所以，陪審團不用考慮『其他事』這個問題。」

七名陪審員退庭商議四小時後，裁定彭育庭謀殺罪名不成立，誤殺罪及行劫罪名成立。

法官判彭育庭誤殺罪入獄十年，行劫罪入獄八年，同期執行。

奪命提款單
(視像版)

死亡過程

死亡有可能是突然的，如因頸部被切斷、頭部輾壓傷、高空墜落所致的多數內臟破裂、身體支離斷碎等引致死亡，但這些突然死亡只佔少數。

一般情況下，死亡是逐漸來臨的，有各種不同階段性變化，了解死亡過程，對於急救患者、傷者和被害人，識別生前傷和死後傷，都有重要意義。

法醫學將典型死亡過程分為三個階段，即瀕死期、臨床死亡期和生物學死亡期。

瀕死期

瀕死期又稱死戰期或瀕死掙扎期，是死前掙扎的最後階段，在這個時期，身體和重要器官功能發生嚴重紊亂和衰竭。

最初，多有面容苦悶、時有鼾聲、血壓升高等現象，隨後出現呼吸困難，心搏減弱，體溫、血壓下降，意識模糊，大小便失禁，各種反射減弱、遲鈍或消失，以及昏迷、抽搐等。最後，漸次過渡到臨床死亡期。

瀕死期的長短和表觀，與死因、年齡、健康狀況等密切相關。瀕死期持續的時間，由幾秒鐘至數小時甚至更長都有。

暴力性死亡，瀕死期短暫，甚至沒有，延腦、腦橋、心搏傳導系統損傷，心臟破裂大出血以及神經反射性心跳停止等，死亡都極為迅速，有些時間短至沒有瀕死期。窒息、中毒、損傷等引起的死亡，一般都有或長或短的瀕死期。病死，特別是慢性病死，都有較長瀕死期，急病死亡者除外。

在同等條件下，青壯年和體質健壯者，有較長瀕死期，而且較明顯；老年人和體質瘦弱者，瀕死期較短，表現徵象亦不明顯。

瀕死期所形成的損傷，仍有一定生活反應，在特定場合下，可用瀕死期的各種特點，來鑑別是生前溺水還是死後沉屍，是生前上吊還是死後懸屍等等。

臨床死亡期

處於瀕死狀態，若未及時救治或挽救無效，會發展到臨床死亡期，這是生物學上死亡前一個短暫階段。

在這個時期內，心搏停止，呼吸停止，各種反射完全消失，一般情況下，醫生會根據這三大體徵來判斷死亡，所以稱

瀕死期

為臨床死亡。

處於臨床死亡時期，機體的生命活動已經停止，但是，機體組織內微弱的代謝活動仍在進行。

心搏和呼吸停止（神經反射消失一般都早於心搏和呼吸停止）後四至五分鐘或稍長時間內，機體內若有少量氧氣，還能保持最低生活狀態，使用人工呼吸機，心臟按摩、心臟起搏器等急救措施，仍有可能救活。

通常情況下，臨床死亡的持續時間，就是血液循環停止後，大腦皮層耐受缺氧的時間，約五至六分鐘。

在不同情況下，臨床死亡期的長短是可變的，如在低溫或耗氧量低的情況下，臨床死亡期就可能延長，甚至可延長到 1 小時或更久。

瀕死期長的，則臨床死亡期一般就短。

國外學者曾對 1200 例心跳停止後，成功復甦的病例進行分析，結果是 94% 在心跳停止後四分鐘救活；6% 在心跳停止後四分鐘以上救活，但這些患者都有神經系統的後遺症。

因此，國外資料一直認為人腦耐受缺氧的「臨界時限」是五至六分鐘，認為心跳停止三至四分鐘後，救活者常有永久性腦損害。

當然，凡事都有例外，1973 年，《中華醫學雜誌》曾報導，北京、上海、南京心臟復甦小組對循環驟停八分鐘以上的十二例病人復蘇成功。

由此可見，腦耐缺氧的「臨界時限」不一定限於五至六分鐘，但腦耐缺氧超過六分鐘，確實會帶來嚴重後果。

生物學死亡期

生物學上的死亡，指整個機體的重要生理功能停止而陷於不能恢復的狀態，外表徵象是軀體逐漸變冷，發生屍僵，形成屍斑。

生物學死亡是一個逐漸發展的過程，首先是大腦皮層和腦細胞壞死，接着是中樞神經系統功能永久停止，最後是各個器官和組織功能相繼解體。

生物學死亡是死亡最後階段，現代醫學科學技術對此無能為力。

進入生物學死亡期後，整體已經死亡，由於構成生物的細胞、組織及臟器和組織的進化、功能有明顯差異，對缺氧的敏感程度不一致，進入生物學死亡所需時間也不一致，有些在機體死亡後，仍能在一定時間內保持生活功能，有超生反應，將這些器官摘出後，可供器官移植用。

近年來研究表明，中樞神經系統缺氧的極限時間，一般大腦皮質為五至六分鐘，大腦髓質為七至八分鐘，腦幹為十至十一分鐘，脊髓約三十分鐘。肝臟缺血十五至三十分鐘，腎臟缺血超過一小時三十分，就會失去活力。

肌肉組織缺血八小時左右，對電和藥物刺激仍具有興奮性，如果將縮瞳劑或散瞳劑滴入眼內，還能夠引起瞳孔括約肌或瞳孔開大肌的收縮，改變瞳孔大小。

奇案03

變態雙煞
官斥最無人性

重案組黃 Sir

一九九七年六月四日，對陳蘭嬌的家人來說，是一個不想記起，但未能忘記的日子。

在這日，殺害陳蘭嬌的兇手羅有福（又名肥仔福、紅唇），在高等法院被裁定謀殺罪名成立，法官依例判羅有福終身監禁。

「我審咁多案，呢單最無人性！」負責審理此案的高等法院法官在宣判時說：「謀財害命、殺人滅口、毀屍滅跡，你在一日之間數小時內全部做晒，對別人生命完全唔尊重。」

在場旁聽及為此案作供的重案組探員，聽到這個裁決後，互相道賀，因為要把羅有福繩之於法，並不容易。

重案組探員還記得，陳蘭嬌失蹤後，警方曾傳訊羅有福，當時羅有福氣焰高張地說：「我當時身在大陸，你哋夠料就Charge（落案）我啦！」

涉綁架勒索

一九九七年二月七日，陳蘭嬌的妹妹到警署報案，說她的姊姊在二月六日失蹤，她在二月七日早上，接到一名男子電話，該名男子說陳蘭嬌欠了他三十萬，要陳蘭嬌的妹妹準備好現金，等他的電話作一步指示。

涉及綁架勒索，案件交由重案組接手調查，重案組探員按「綁架勒索」程序部署，但那名男子卻沒有再打電話來。

「我曾叫那名男子將電話交給姊姊，讓我直接與她對話問清楚，但那名男子說我姊姊仍昏迷未醒。」陳蘭嬌的妹妹說。

陳蘭嬌與羅有福一齊前往梅窩，其後被殺害。

重案組探員到陳蘭嬌任職的鵬利保險調查，從陳蘭嬌的客戶名單中，找尋可疑人物。

「黃Sir，陳蘭嬌的記事曆中，在二月四日一欄，寫了『約見羅有福傾保單』，羅有福可能就是最後見過陳蘭嬌的人。」重案組探員對重案組主管黃定邦說。

記事曆沒寫下羅有福的其他資料，重案組探員分別到電訊公司及傳呼台調查，取走陳蘭嬌過去半年的通訊記錄。

「只要將這些資料輸入『超級電腦』（重大事件調查及災難支援工作系統，MIIDSS），再鍵入『羅有福』三個字，電腦就會在這些資料中，搜尋出與羅有福有關的部分。」黃定邦向重案組探員講解「超級電腦」使用方法。

資料輸入電腦後，電腦顯示出兩筆資料。

一則資料在二月三日，晚上七時零三分，陳蘭嬌的傳呼機有羅有福的留言，叫她留電話及位置。

一則資料在二月四日，早上十一時四十一分，陳蘭嬌的傳呼機有羅有福的留言，叫她留電話及位置。

「陳蘭嬌在二月四日早上十一時離開保險公司，她說到大嶼山見一個客，大約傍晚就會回來。」陳蘭嬌的上司回答重案組探員查詢時說。

「我相信陳蘭嬌失蹤與羅有福有關，由於資料有限，我們先找出全港的『羅有福』，再逐一篩選調查。」黃定邦對重案組探員說。

「超級電腦」找到的羅有福數以千計，由於羅有福約陳蘭嬌到大嶼山見面，黃邦相信羅有福可能在離島居住。

「黃 Sir，在離島居住的羅有福一共有七個，我們會逐一調查他們。」重案組探員對黃定邦說。

疑犯曝光

七個「羅有福」經重案組探員初步調查後，認為在長洲居住的羅有福最有可疑。

「在七個『羅有福』中，只有他認識陳蘭嬌。」重案組探員說：「陳蘭嬌當日約在大嶼山見面的亦是他。」

羅有福在接受重案組探員盤問時，承認曾約陳蘭嬌在大嶼山見面，但由於突然有急事要到大陸，所以通知陳蘭嬌改期。

「你在何時通知陳蘭嬌改期的？」重案組探員問。

「二月三日晚上，因我趕不及由大陸回香港，所以打電話給她，對她說要改期。」羅有福說。

「之後，你有沒有與她聯絡呢？」重案組探員問。

「二月四日早上，曾打電話給她。」羅有福說。

「你和她說了些甚麼？」重案組探員問。

「在二月三日晚上的通話中，陳蘭嬌對我說，因為約了我談保單，將二月四日的約會全部

案發附近的廢棄村屋。

推了，如果我可以趕到回來的話，她希望我可以與她見面。」羅有福說：「不過，由於我無法趕回香港，所以打電話給她，叫她不要等我。」

羅有福的口供與重案組查到的資料相符，如果他不是口出狂言的話，重案組探員也不會懷疑他。

「羅先生，你說二月四日身在大陸，可有甚麼證據證明呢？」重案組探員問羅有福。

「有，當然有，這是我的回鄉證，你可以看看。」羅有福從身上取出回鄉證給重案組探員看。

在回鄉證的出入境記錄中，顯示羅有福在二月一日由香港乘船到蛇口，二月七日才由蛇口回香港。

當重案組探員將回鄉證交還羅有福時，羅有福氣焰高張地說：「我當時身在大陸，你哋夠料就Charge（落案）我啦！」

羅有福的說話，令重案組探員起了疑心，如果羅有福與陳蘭嬌連面都不曾見過，只是透過電話聯絡，陳蘭嬌失蹤，他的反應不應該這般強烈。

口出狂言

重案組主管黃定邦聽取探員匯報後，決定全面調查羅有福。

「黃Sir，在陳蘭嬌失蹤期間，羅有福有不在場證據，為何還要調查他呢？」一名重案組探員問黃定邦。

「我懷疑羅有福的不在場證據是偽造的，至於如何偽造，現時仍未清楚。」黃定邦說：「我認為他有可疑，主要是因為他的表現反常。」

黃定邦向探員解釋說：「我們傳訊羅有福時，是要他協助調查陳蘭嬌的失蹤案件，一宗失蹤案件，可能不存在刑事成份，但羅有福卻說：『你哋夠料就Charge（落案）我啦！』，顯見他對陳蘭嬌的失蹤是知情的。」

「如果我的推斷正確，羅有福就是打電話勒索的人。」黃定邦說：「現在我們要二十四小時監視羅有福，並且盡量取得他的背景資料。」

黃定邦又派出一隊重案組探員到大嶼山調查，拿着陳蘭嬌的照片在梅窩碼頭一帶查詢，調查陳蘭嬌在二月四日曾否在大嶼山出現過。

重案組探員調查羅有福的背景後，向黃定邦作出匯報。

羅有福家中有四男五女，他是家中的孻仔，現年二十七歲。

「羅有福的父親並非長洲原居民，他在大約二、三十年前才遷入長洲居住。」重案組探員向黃定邦報告：「羅家有三隻艇，一隻用來做街渡，另兩隻替海事處清理海面的垃圾，這三隻艇就養起一家人。」

重案組探員說，羅有福的父親對兒子的事三緘其口，當他們根據羅有福留下的地址，到長洲調查時，羅有福的父親知道有人來找兒子，堅持不肯開門，在探員表露身份後，仍然躲在家中。

探員無法從羅有福父親口中得到線索，轉而向他的親戚朋友及街坊埋手。

「羅有福的一名親戚說，羅有福在細個時十分頑皮，因而有個花名叫做『馬騮福』。」重案組探員說。

了解背景

羅有福在長洲漁會公學畢業後，被派到長洲明愛聖保祿職業先修學校就讀，他讀完中二就沒有再讀，離開長洲到市區找工做。

「羅有福有個死黨叫做張滿強，他們自細玩到大，你們如果想更清楚了解羅有福，可以找張滿強或羅有福的女朋友阿芳問問。」羅有福一名中學同學對重案組探員說：「羅有福在讀中學時已經拍拖，他的女友叫阿芳（張貴芳），是他的堂妹。張滿強原本在長洲官立中學讀書，但讀完中二就沒有再讀了。」

羅有福的姊夫回答重案組探員查詢時說：「羅有福有很多女朋友，每次陪同回來長洲的都各不相同，他的確有個女朋友叫阿芳，但不知現在散了沒有？」

重案組探員查到，羅有福離開長洲後，曾在一間船廠任職貨車司機，後來到到新填地街一間五金店工作。

「羅有福身材肥胖，有個花名叫『肥仔福』。」重案組探員說：「大約在十年前，羅有福在左邊胸口刺了一個『紅唇』紋身，又有個花名叫做『紅唇』。」

「羅有福到市區工作後，間中會返回長洲，據街坊說，羅有福每次返長洲，宴請朋友時的出手十分闊綽，一頓晚餐可以吃幾千元而面不改容。」重案組探員說。

一九九五年年初，羅有福工作的五金店，由新填地街搬到大角嘴槐樹街，羅有福仍繼續在五金店工作。

為更了解羅有福的背景，重案組探員亦着手調查羅有福的死黨張滿強。

張滿強較羅有福年長一歲，是大嶼山拾塱村人，小學一年級至五年級在大嶼山拾塱學校讀書，小學六年級時轉到長洲漁民小學就讀，在長洲認識羅有福。

小學畢業後，張滿強在長洲官立中學就讀，但讀完中二就沒有繼續升學。

輟學後，張滿強到西環大快活快餐店任職樓面，數月後轉到大家樂任職。

一九八七年，張滿強到一間金行當金飾學徒；一九九零年轉到滙寶珠寶公司做飾金師傅。

為免打草驚蛇，探員在調查張滿強時，採用暗中調查方式，以免張滿強向羅有福通風報信。

到大嶼山調查的重案組探員，在港外線碼頭等船的時候，看見碼頭售票處前後均設有閉路電視，探員心想這些閉路電視可能會拍下一些有用線索，向小輪公司借了過去一個月的閉路電視錄影帶，回重案組總部研究。

（這些閉路電視錄影帶，一個月後會洗去重用。）

「黃Sir，你的推測果然準確！」重案組探員看完錄影帶後，通知黃定邦到會議室：「在二月四日下午十二時廿三分，陳蘭嬌與羅有福，雙雙進入中環往梅窩碼頭，兩人還有傾有講。」

大嶼山梅窩碼頭的閉路電視錄影帶，拍到羅有福與陳蘭嬌步出碼頭的情況。

「不過，直到今日為止，碼頭的閉路電視錄影帶，都沒有拍到兩人離開大嶼山的情形。」重組探員說：「不過，錄影帶已可證明羅有福不在現場的證據是偽造的。」

當黃定邦觀看這些錄影帶時，羅有福已離開香港到了蛇口，負責監視的探員亦尾隨跟蹤。

羅有福在蛇口逗留了幾天後，由蛇口前往深圳，入住春風路的廣溢酒店。

一九九六年二月十四日，重案組探員在羅湖將剛由大陸回港的羅有福拘捕。

直認不諱

「我們懷疑你與陳蘭嬌的失蹤及勒索案件有關，現在將你拘捕。」重案組探員對羅有福作出警誡：「現在不是是必要你講，你有權保持緘默或要求有律師陪同下才作供；你現在説的一切，我們都會記下來，將來可能會成為呈堂證供，明白嗎？」

為慎重起見，重案組探員邀請羅有福的女友阿芳協助調查，先後五次給她看碼頭的閉路電視錄影帶。

阿芳一眼便認出自己的親密男友，還有羅有福的死黨張滿強。

羅有福在蛇口逗留了幾天後，由蛇口前往深圳，入住春風路的廣溢酒店。

重案組總部內，羅有福由黃定邦親自盤問。

「你為甚麼要殺陳蘭嬌！」黃定邦讓羅有福看完碼頭的閉電視錄影帶，拆穿他的不在場證據後，開門見山地說。

黃定邦推測，陳蘭嬌與羅有福一齊前往梅窩，但羅有福只得一個人由大陸回香港，所以陳蘭嬌在大嶼山被羅有福殺害的可能性極高。

「是她自己找死的，我最討厭那些推銷保險的，所以我才殺了她！」羅有福對殺人一事直認不諱，而且態度冷漠，殺人對他來說就像是喝了一杯水那麼簡單。

「你承認殺了陳蘭嬌，是不是？」黃定邦問羅有福，同時提醒他說：「現在我正在為你進行警誡作供，你現時所說的一切，將來都會成為呈堂證供，你最好想清楚才說。」

「你是怎樣查案的？」羅有福不以為然地對黃定邦說：「我殺了陳蘭嬌又有甚麼大不了？」

「你殺陳蘭嬌，就是因為討厭她向你推銷保險？」黃定邦問。

「是啊！」羅有福說：「他們整日都煩着，的確令人討厭，我這樣做不過是替天行道，為受害人出一氣。」

羅有福的說話令黃定邦心中感到一陣寒意，如果羅有福所說的是事實，那麼，除陳蘭嬌外，是否還有其他受害人？

「你殺害陳蘭嬌時，是否還有同黨呢？」黃定邦問。

「和我一起殺她的，還有四眼強及屎坑松。」羅有福輕描淡寫地說。

「他們的真名是甚麼，現時在甚麼地方？」黃定邦問。

「四眼強叫張滿強，是我的死黨。」羅有福說：「屎坑松就是林松，是一名來自大陸的黑市勞工。」

「張滿強，這個名字好像在甚麼地方聽過。」黃定邦對身旁的重案組探員說。

想了一會，黃定邦想起在調查羅有福時，曾經調查他的死黨，他的死黨就叫做張滿強。

黃定邦下令重案組探員追緝張滿強及林松歸案，羅有福在稍後時間亦供出殺害陳蘭嬌詳情。

「我是刻意布局去殺死陳蘭嬌的。」羅有福說：「我的朋友阿勝較早時替她買了一份保險，自此她就經常要求阿勝介紹朋友去幫她買保險，阿勝被她煩得要死，向我吐苦水。」

羅有福說，他最討厭就是這種保險經紀，決定要殺死她。

計劃殺人

「我叫阿勝介紹我給她，見面後，我對她說我的哥哥在大嶼山開農場，想買一份月供一萬元的保險，問她是否有好的保險計劃介紹。」羅有福說。

陳蘭嬌信以為真，與羅有福約定在二月四日到大嶼山向他的哥哥推介保險。

「為製造不在現場證據，我在二月一日由香

殺人後，羅有福乘「大飛」由大嶼山返回蛇口。

港乘船到蛇口。」羅有福說：「二月四日早上，我從蛇口乘『大飛』到長洲，再由長洲乘船到港外線碼頭，與陳蘭嬌會合。」

陳蘭嬌與羅有福乘船抵達梅窩碼頭，轉乘巴士往寶蓮寺，在寶蓮寺附近一條廢村下了車。

「我和四眼強經常在這條廢村內住宿，對村內環境十分熟悉，我就在一間村屋內處決了陳蘭嬌。」羅有福說時，神情愈來愈興奮。

羅有福說，陳蘭嬌被帶到村屋後，仍不知道大禍臨頭，直到羅有福拿出一支手槍指住她的後腦，推她入房時，她才知中了歹徒詭計。

「四眼強和屎坑松一早已在屋內等候，四眼強拿出一個手扣將陳蘭嬌的雙手扣住。」羅有福說：「屎坑松就在她的身上亂摸，將她身上的財物，全部取了出來。」

羅有福對林松說，手錶戒指之類的個人財物，容易被警方追查得到，吩咐他拿到大陸，切勿在香港出售。

「我在陳蘭嬌的手袋內找到一張信用卡，我逼她說出提款卡密碼，叫四眼強看住陳蘭嬌，我到銀行用提款卡提款，雖然她沒有騙我，但戶口內只五千多元，我最後提了五千元。」羅有福說。

羅有福提款回到村屋後，林松已經離去，屋內只有張滿強及陳蘭嬌兩人。

「陳蘭嬌哀求我放走她，保證不會將今天的事情說出去。」羅有福說：「我當然知道，最能夠保守秘密的，只有一種人，就是死人。」

羅有福叫陳蘭嬌用背對着他，右手拿手槍，左手拿一塊布蓋在陳蘭嬌的後尾枕，之後，羅有福向陳蘭嬌的後尾枕開了一槍，令她當場死亡。

殺人後，羅有福吩咐張滿強合力將屍體放到浴缸內放血。

屍體放血後，兩人再將屍體抬到客廳，用菜刀及砧板分屍，將屍體分成八件。

「分屍後，我們用膠袋將屍體袋好，用車運到寶蓮寺下的山谷拋棄。」羅有福說。

殺人後，羅有福乘「大飛」由大嶼山返回蛇口，二月六日，羅有福打電話給陳蘭嬌的妹妹，說陳蘭嬌欠下他三十萬元，要求她的妹妹給贖金。

「這只是我混淆警方的手法，誤導警方以為陳蘭嬌仍在人間。」羅有福說：「我在二月七日才由蛇口回香港，製造不在場證據。」

二月十五日，羅有福在重案組探員押解下，到達大嶼山深屈昂平路涼亭對下的一處山坡，尋找陳蘭嬌的屍體。

重案組探員在山坡進行地氈式搜索，最後找到兩袋載着八件人體部分的尼龍袋。

羅有福殺害陳蘭嬌的供詞，終於得到證實，此案亦由「失蹤及勒索」案轉為「劫殺」案處理。

污點證人

二月二十五日凌晨，張滿強到灣仔警署自首，要求成為警方污點證人，指證羅有福殺人，案件交由重案組一併辦理。

「張滿強，我現在為你進行警誡作供，你現

陳蘭嬌與羅有福乘船抵達梅窩碼頭，轉乘巴士往寶蓮寺，在寶蓮寺附近一條廢村下了車。

在說的一切，將來可能會成為呈堂證供，你是否明白你的權利？」重案組主管黃定邦對張滿強說。

「明白。」張滿強胸有成竹地說：「我是來指證羅有福殺人的，如果警方肯將我列為污點證人，我可以詳詳細細將羅有福的殺人罪行告訴你們。」

「你是說羅有福殺害陳蘭嬌的案件？」黃定邦問。

「是。」張滿強說。

「羅有福說你有份參與殺人，你是共犯，如何可以成為污點證人呢？」黃定邦對張滿強說。

「他殺害陳蘭嬌時，我全程在場，有我作證，你們一定可以成功控告羅有福。」張滿強慢條斯理地說：「只要你們肯將我列為污點證人，要使羅有福入罪一點也不難。」

「羅有福殺害陳蘭嬌時，你有阻止他嗎？」黃定邦問。

「沒有。」張滿強說：「我為甚麼要阻止他？」

「羅有福說你有份協助他將屍體放血及碎屍，是不是？」黃定邦問。

「是啊！」張滿強說：「不過，殺人的是羅有福，我問過做律師的朋友，他們說我最多被控非法處理屍體，是很輕的罪名。」

「如果你相信你的律師朋友，你就不用要求做污點證人啦！」黃定邦說：「大概你也知道陪審團不會輕易相信你吧！」

「唉！正因為這樣我才來自首。」張滿強嘆了一口氣說：「我做污點證人，對你們也有好處吧！」

「我實在看不到有甚麼好處？」黃定邦說。

「有我作證，你們一定可以釘死（成功檢控）羅有福，這就是好處。」張滿強說。

「羅有福已承認殺人，根本不需要你指證！」黃定邦說。

「甚麼？他承認殺人？」張滿強如鬥敗了的公雞般沮喪。

「張滿強，你還有甚麼話要說？」黃定邦問。

張滿強沈默了好一會，說：「羅有福還殺了兩個人！」

張滿強的說話，令黃定邦及在場的重案組探員感到震驚，一時之間，也不知張滿強信口開河還是真有其事。

「羅有福還殺了甚麼人？」黃定邦問張滿強。

「除非你讓我做污點證人，否則我甚麼也不會説。」張滿強説。

替張滿強錄取口供期間，黃定邦感到張滿強三番四次想用污點證人身份，減輕自己的刑責，羅有福好歹都是他的死黨，但他卻希望藉出賣死黨換取自己減刑，甚至以死黨的秘密來與警方討價還價。

失蹤案件

張滿強的行為，顯見他全無悔改之心，令黃定邦深痛惡絕，為免被張滿強利用，黃定邦拒絕張滿強成為污點證人。

黃定邦把張滿強交由其他重案組探員盤問後，透過警方的「超級電腦」，查詢過去五年的失蹤人口資料。

隨着警隊現代化，「超級電腦」已成為警方一個龐大的資料庫，其中的「搜尋」功能，對查案更加有用。

黃定邦在「超級電腦」的「搜尋」功能鍵入「羅有福」三個字，電腦屏幕隨即顯示一宗失蹤案件的資料。

一九九五年十月七日，觀塘一間五金店的廿一歲少東翁子倫與十六歲女友陳植儀，到大嶼山宿營後一去無終。

翁子倫臨行前曾致電其姊夫，表示與一位叫「紅唇」的人同去，並留下「紅唇」的傳呼機號碼。

警方核對傳呼機號碼時，知道機主名羅有福，因為胸前有紅唇紋身，所以花名叫「紅唇」。

警方曾調查羅有福，但羅有福有不在現場證據，相信與案件無關。

黃定邦將這宗案件的資料列印出來，與重案組探員研究。

「我相信張滿強所說羅有福殺害的兩名死者，就是翁子倫與陳植儀。」黃定邦說：「他所用的手法與殺害陳蘭嬌的一模一樣。」

為了解該案的調查情況，黃定邦與調查該案的重案組探員見面，交換心得。

「翁子倫的父親在觀塘開設五金店，翁子倫在中一輟學後，在父親的五金店工作，考到車牌後，替父親做司機兼送貨。」重案組探員說。

翁子倫喜歡賽車，羅有福對改裝汽車甚有心得，兩人因而十分投契，經常在黑夜飛車。

羅有福對翁子倫說，一九九五年十月七日（星期六），大嶼山有一場非法賽車，邀請翁子倫前去觀看。

翁子倫與十六歲的女友陳植儀一起前往，其後兩人都失了蹤。

陳植儀是翁子倫的初戀情人，兩人認識後，由翁子倫介紹到五金店任職收銀員，但工作了幾個月後就失蹤了。

「翁子倫的姊夫說，一九九五年十月六日早上，曾收到翁子倫的傳呼台留言，說與羅有福去

警方在牛牯灣發現一對小情侶的屍體。

大嶼山，翌日才回來。」重組探員說：「翁子倫的留言又叮囑姊夫，不要將真相告知姊姊，以免他被姊姊責罵。」

兩日後，翁子倫還沒有回家，連電話也沒有一個，家人傳呼他又沒有回應，於是報警。

警方在十月十日早上曾傳訊羅有福，羅有福表示當日（十月七日）的確約了翁子倫到大嶼山玩，但在十月四日因事到大陸，沒有與翁子倫見面。

羅有福接受警方盤問後，到觀塘翁子倫父親開設的五金店，向翁子倫的姊夫，詢問翁子倫失蹤的詳情。

「羅有福在十月十日中午曾找過我，他問及阿倫（翁子倫）失蹤的事。」翁子倫的姊夫對重案組探員說：「羅有福說他這幾天返了大陸，到警方找他時才知道阿倫已失了蹤。」

重案組探員調查後發現，翁子倫的銀行戶口，在十月八日被人用提款卡提取了五千元，提款地點在長洲。

重案組探員調查羅有福的出入境記錄，發現他在十月四日上午十一時二十二分，由香港乘船到蛇口，直至十月十一日下午五時五十三分才回港。

換言之，翁子倫在十月七日失蹤時，羅有福有完整不在現場證據。

了解案情後，黃定邦相信羅有福與翁子倫及陳植儀的失蹤案有關，只是找不到證據證明他偽造「不在場證據」。

掘出兩具屍體

黃定邦心想，如果羅有福殺害陳蘭嬌時，張滿強是共犯的話，張滿強在翁子倫與陳植儀的失蹤案中，可能亦扮演共犯甚至主謀角色。

根據出入境記錄，張滿強在一九九五年十月十日晚上由香港到蛇口，在十月十一日與羅有福一同由蛇口回香港。

翁子倫在十月七日失蹤時，張滿強沒有不在現場證據。

一對小情侶的屍體被起出，翁子倫 (21 歲) 與女友陳植儀 (16 歲)

「張滿強，我們現在懷疑你與翁子倫及陳植儀的失蹤案件有關，現在向你進行警誡作供。」黃定邦對張滿強說。

「你們知道這件案就最好了，他們兩人是羅有福殺的，我可以做污點證人指證他！」張滿強面有喜色地說。

「一九九五年十月七日，你是否見過翁子倫及陳植儀？」黃定邦問。

「當然見過。」張滿強說：「當日是羅有福誘騙他們到大嶼山，將他們殺害，我當時在場。」

「我再次提醒你，現在我正為你進行警誡作供，你現在所說的一切，將來可能成為呈堂證供。」黃定邦對張滿強說。

「如果你不相信我的話，我帶你們去掘出屍體，你們就會信我的了！」張滿強對黃定邦說：「翁子倫與陳植儀是被羅有福騙到大嶼山，帶到牛牯灣一間隱蔽石屋，兩人先後在石屋被殺死，再埋在牛牯灣山谷谷底。」

重案組探員在張滿強帶領下，到達牛牯灣山谷谷底，果然掘出兩具屍體。

法醫官驗屍時，發現女死者的枕骨有一個圓形傷口，但並非由槍彈造成。

男死者的右邊臉被打爆，眼口都被膠紙貼住，從身上的傷痕判斷，男死者在生前曾被人毒打，死因是窒息。

張滿強稍後被落案控以謀殺，羅有福因為有不在場證據，警方徵詢過律政司意見後，沒有對羅有福提出檢控。

張滿強最後被裁定殺罪名成立，判處終身監禁。

黃 sir 筆記：超級電腦

重大事件調查及災難支援系統（Major Incident Investigation and Disaster Support System，縮寫為 MIIDSS；俗稱「超級電腦」）是一套香港警務處刑事及保安處刑事部刑事支援科掌管的電腦軟件系統，用以調查重大事件及支援災難的資料分析及身份比對。

「超級電腦」亦協助災難事故中的死傷者的身份確認及查詢。重大事件調查及災難支援系統由一名總督察負責，由一名高級督察輔助。

調查重大事件時，將疑犯的年齡、性別、特徵及身高等個人資料輸入「超級電腦」，電腦會篩選出最可疑人物給調查人員參考。

系統亦會分析犯罪手法，提供有關數據，深入分析個案資料協助調查。

二零零三年沙士期間，「超級電腦」曾用來整理、運算和分析感染率比較高的地區、與患者有關係的人物及地點網絡叢集，向衛生署發出熱點通報，防止大規模感染事件出現。

警方的重大事件調查及災難支援工作系統。

殺人陳屍 故佈疑陣

重案組黃Sir

兇手殺人後，第一個想法，通常是要毀屍滅跡，避免罪行被揭發。可是，在這宗兇殺案中，兇手刻意將死者示眾，兇手為甚麼要這樣做呢？

接報到場調查的重案組探員，認為有四種可能性：

（一）黑社會執行「家法」，將死者陳屍在當眼地方，殺雞儆猴。

（二）兇手故佈疑陣，轉移警方視線。

（三）兇手在殺人後，不知如何處理屍體。

（四）兇手來不及「移屍」，屍體已被發現。

以上四種可能，其中可能涉及黑社會執行「家法」，探員加緊調查區內黑人物及邊緣青少年。

少女遇害

遇害的是年僅十二歲少女，張偉珍，綽號「臭B」，與父母及兩兄兩姊，同住葵涌石籬邨第一座八樓一單位。

一九八五年五月十五日，死者被發現在六樓一個通風位，跪在一個紅色蛋形塑膠盆前。

當時她的身體向前傾，頭部埋在膠盆內，一動也不動，報案人最初以為她在玩耍，回家吃完午飯後，折返再看，那名女童仍保持先前姿勢。

「我見她維持這個姿勢超過半小時，叫她又不應。」報案人對探員說：「我上前推她幾下，但她沒有反應，似乎已經昏迷。」

報案人奔跑回家打電話報警，由於不知女童發生甚麼事，警方最初將案列為「求警協助」，通知巡警到場查看。

巡警到場，發現女童身體有些僵硬，召救護車將女童送院，女童在送院途中已無生命跡象，舁送殮房等候法醫檢驗。

由於死者「死得奇怪」，警方稍後將案列為「屍體發現」，至於是否可疑，則交重案組探員調查。

法醫初步檢驗屍體時，發現女童頸部有很深的手指印留下，雙手手腕亦有被繩勒過痕跡，一雙膝頭因長時間跪地，出現「屍斑」，法醫認為發現屍體的地方雖非第一現場，但距兇案現場應該不遠。

「死亡時間為上午十時至十一時，亦即被發現前兩個半小時。」法醫對探員說：「女童是死後被人移屍到案發現場，擺成跪地姿勢。」

「死者被發現時，頭部埋在膠盆內，盆內有約三吋積水，死者會否玩『死亡遊戲』時死亡，而非他殺呢？」探員問。

「死者呼吸器官及肺部都沒有積水，可排除溺斃的可能性。」法醫說：「死者頸部有很深的指痕，機械性窒息的可能性較高。」

法醫又說，死者身上的衣物有些異常，像是曾被脫下，在短時間內又被穿上。

「最明顯是『尿漬』位置，死者被握頸時曾經遺尿，這是常見情況，但內褲及外褲的『尿漬』位置，卻與死者排尿位置有偏差。」法醫說：「相信死者在排尿時，下身是沒有穿褲子的，在死者排尿後，內褲及外褲才再度被穿上。」

「你是說兇手在握斃死者後，才替她穿回褲子？」探員問：「那麼，死者有沒有遭到性侵犯？」

「初步看來應該沒有遭性侵犯，但要詳細解剖後才可確定。」法醫說。

列為兇殺案

撇除意外或自殺的可能性，探員按「他殺」程序調查，案件由「屍體發現」轉為「兇殺案」。

列為兇殺案後，探員首先由「兇器」入手，那個紅色膠盆，雖非直接殺死女童，但卻是最後與女童接觸的物品。

紅色膠盆不會自動在案發現場出現，一定有人拿去放置，這人可能就是兇手。

膠盆上黏有三合土，探員推測膠盆是裝修工人用作「開水泥」之用，在同座大廈的九樓，正有裝修工程進行。

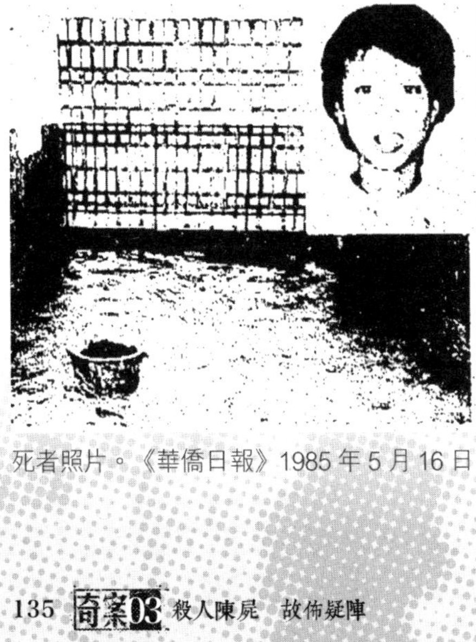
葵涌石籬邨離奇命案，一名十二歲女童倒斃在第一座六樓梯間，頭部倒插於一個水盆內。圖為命案現場，該水盆即為女童臥屍之處，小圖為死者張偉珍。（本報記者攝）

死者照片。《華僑日報》1985 年 5 月 16 日。

探員調查過裝修工人後，證實與案無關，但知道那個紅色膠盆，原先放在九樓。

原本在九樓的膠盆，為何會在六樓呢？

探員找到膠盆原先在九樓的位置，發現地上的英泥粉末上面，遺留多個波鞋鞋印，鞋印十分凌亂，無法完整套取，但已是一條難得線索。

探員清理六樓案發現場時，撿到一小片染血紗布，紗布闊度一吋半，經化驗，證實紗布上的血跡非死者所有。

調查後得知，死者雖然頑皮，有逃學記錄，但沒有結交黑社會人物，她「交遊廣闊」，第一、二、三座很多人都認識她。（石籬邨第一、二、三座呈H形，第一座與第三座，由第二座相連在一起）

探員相信，死者在陳屍現場附近遇害，推測死者可能被誘騙或遭挾持進入一個單內，殺害後再移屍。

在案發期間，可能有人看到情況，或聽到一些不尋常聲音。

警方召來大批藍帽子警員協助探員「洗樓」（逐戶調查），主要問：

案發時身在何方？

是否認識死者？

有否見過可疑人出現？

「洗樓」有突破性收穫，探員在一個單位內發現半個英泥鞋印，屋內其中一雙波鞋鞋底，沾有英泥，探員在屋內發現一卷一吋半闊的紗布，有剛用過痕跡。

屋內一名青年向探員表示，在案發期間，他正在屋內聽音樂。

該名青年的鄰居表示，那人所謂的音樂，其實是將音響器材的聲量開到最大，遠至十數個單位外都聽到。

「我們曾多次投訴，但那人卻我行我素。」一名街坊說。

「在今日早上十時至十二時，那個單位還是那麼吵嗎？」探員問。

「今天倒也耳根清靜，那人整天都沒有開音響。」一名街坊說。

多名街坊的口供，都說那名青年今天沒有「聽音樂」，再加上其他線索，探員認為該名青年最有可疑。

為免打草驚蛇，警方向到場採訪的傳媒表示，兇手可能是在附近工作的三行工人。

為求逼真，警方邀請數名裝修工人返警署協助調查，令部分報章誤以為這些工人有可疑。

兇手上當

警方這種「明修棧道」手法，目的是令兇手以為可逍遙法外而放鬆警誡，更易露出馬腳。

兇手果然上當，不知道自己已被探員二十四小時監視。

死者屍體由法醫詳細檢驗後，發現一些新線索。

「死者在死亡前一段短時間，曾遭非禮，在未發育的乳房上，留有一個右手掌紋及五個指印。」法醫對探員說：「在乳房上的指印，與在死者頸部的指印相符，應出自同一人的手。」

探員通知鑑證科人員到殮房，用先進紅外線掃描器，套取留在乳房上的掌印。

鑑證科人員還發現在死者的衣物及皮膚上，有油墨遺下。

一九八五年六月十九日，探員掌握充份證據後，在石籬邨第一座七樓一個單位，拘捕一名十九歲夜班印刷工人。

被捕青年為趙守禮，與死者張偉珍彼此認識，探員到場時，他仍在夢中。

探員向趙守禮作出警誡時，他極力否認，向探員說殺害張偉珍的另有其人，但一切狡辯都是徒然。

鑑證科人員剪取趙守禮十隻手指甲進行化驗，發現遺留在指甲上的油墨，與死者身上所發現的相同。

「趙先生，這是從死者身上套取到的掌紋，這是你剛印出來的掌印，兩個掌印是一致的。你的指紋，與留在死者頸部的指紋亦相符，你解釋一下吧。」探員對趙守禮說。

鐵證如山，在探員警誡下，趙守禮將案發經過和盤托出。

「當日放工後，在家看了一齣色情電影（錄影帶），頓時慾火焚身。」趙守禮說：「這時，『臭B』（死者）來找我，我待她入來後，將門反鎖。我要她替我手淫，但她不肯，推開我企圖奪門逃走，我把她捉住，她想叫救命，我情急之下，一手掩住她的嘴，一手把她抱回室內。」趙守禮說：

「我用布把她的口封住，再用繩將她的雙手反綁，把她拋在床上。」

趙守禮説，他將死者非禮一番後，脱去死者下身衣物，打算施暴時，冷不防被死者踢中下體，他痛極用手緊握死者的頸，令她窒息致死。

行事匪夷所思

殺人後，趙守禮不知如何是好，冷靜下來，記得在九樓有工人做裝修，用一個紅色膠盆開水泥，利用那個膠盆，可轉移警方調查方向。

「我到九樓取膠盆時，膠盆上黏住的石屎粒把我的手指割傷，我回家後用紗布包紮及止血。」趙守禮說：「我原想將『臭B』背上九樓，在裝修工人工作地點附近棄屍，但由七樓背上九樓，要行兩層樓梯，容易被人發現，決定在六樓棄屍。」

趙守禮將屍體背到六樓的通風位後，想了想，認為六樓距九樓太遠，警方未必相信是裝修工人所為，不如偽裝死者是意外或自殺。

葵涌石籬邨

「我將『臭B』擺弄成跪在地上的姿勢，頭則按入膠盆內，弄完後才想到膠盆內必須有水才可以造成淹死假象。」趙守禮說：「我回家取水，注入膠盆內，之後回家睡覺。」

趙守禮招供後，由於此案存在不少巧合，兇手行事方式匪夷所思，警方特別將案件重演，拍成錄影帶，一方面方便法官及陪審團了解案情，另方面可作警方教材之用。

一九八五年十二月，趙守禮被控謀殺張偉珍，解上高等法院審訊，趙守禮否認謀殺。

控方派政府化驗師出庭作證，證實在死者身上發現被告掌印及指模，也有與被告指甲遺留的相同油墨成份，證明被告與死者曾有接觸。

一九八五年十二月十一日，陪審團裁定趙守禮謀殺罪名成立，法官依例判被告死刑。

殺人陳屍 故佈疑陣（視像版）

死亡時間

精子在精囊內的活動能力可持續三十至七十小時，死後一百七十二小時仍可看到活動的精子。在強姦案件中，被害人死後二十四小時或四十八小時內，精蟲仍能在生殖道內保持活動能力，可利用這些現象推斷死者死亡時間和死亡時的某些狀況。

胃腸蠕動能持續一段時間，使胃腸內容物繼續向前移動。消化酶在生物死後還可以持續一段時間，在屍體溫度下降情況下，這種作用持續時間會更長些。

屍體體溫和屍體僵硬度，可評估死亡時間，更加精確的時間應由病理學家在病理實驗室去判定。

病理學家或驗屍官會記錄屍體溫度、罪案現場氣溫、受害者體重和所有其他用正確規則去確定引起死亡的適當變量來預測時間。

屍體核心體溫將會每小時下降攝氏0.8度，但還要因應周圍環境的溫度變化、濕度水平、空氣的流動和屍體的水平位置。

當生命結束，停止跳動的心臟不再向身體的細胞和組織運送氧氣，腦細胞在三至七分鐘內死亡，但骨骼和皮膚細胞可繼續存活好幾天。

當血液從毛細血管流出，聚集到身體較低部位時，會造成屍體一些部分很白，一些部分顏色較深，即屍斑。

明顯的屍斑可作為診斷死亡的確證，屍斑的分佈位置、反映壓逼物的花紋，能夠提供死亡時屍體的位置、姿式、停屍物表面形狀的情況，還可判明屍體有無變動和變動的時間。根據屍斑發展規律，可較準確地判斷死亡時間，屍斑的顏色、濃談、程度，可為死亡分析提供依據，根據屍斑的範圍、濃淡，可判斷屍體內的血液量等等。

死後五至六小時，開始出現紫色污點的屍斑，不同階段的屍斑代表死亡時間的長短，若顏色有異，不排除死因與中毒有關，如一氧化碳中毒時呈鮮紅色，氧化物中毒呈櫻桃紅色，亞硝酸鹽、氯酸鉀中毒呈灰褐色，凍死時呈紅色。

此外，眼角膜是否變得混濁、腸胃內是否有食物、膀胱是否積有尿液等等，可以知道最後進食時間，有助推斷死亡時間。

利用胃腸內食物消化程度和排空情況，可判斷最後一餐進食時間，胃消化酶在生物死後仍能在一定時間內起作

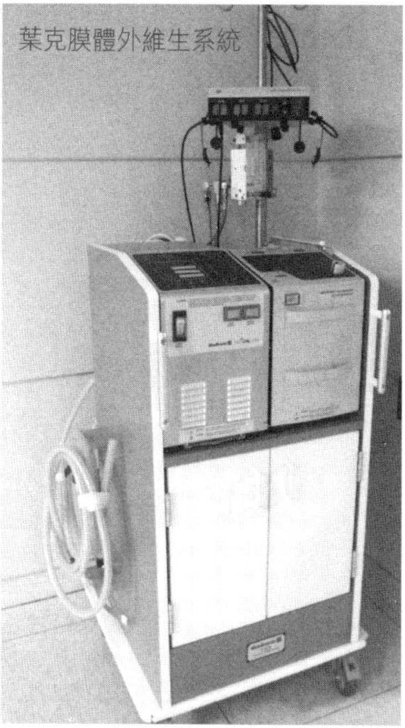

用。

消化系統和內臟留存物，能為死亡時間提供重要線索。咀嚼的食物首先通過食道，然後數秒後到達胃部，三小時後離開胃並在進餐後六小時在小腸中前進。在小腸的一半路程時開始進入大腸，如果受害者小腸是空的，顯示距離受害者最後一餐已過了八小時。

消化過程通常要用一天多一點的時間，但可能會受到嘔吐、喝液體、恐懼或藥物的影響。

死後三小時，屍體肌肉會變硬，俗稱屍僵現象，十二小時後，屍體會變涼，二十四小時內，屍體內部熱量消失，這個過程稱為屍冷，三十六小時後，肌肉組織的硬度開始消失，七十二小時內，屍僵緩解並消失，屍體開始腐爛。

屍體停放環境會影響腐爛速度，屍體在水中腐爛最快，是陸地兩倍，埋在地底下的屍體，腐爛速度最慢，尤其是埋在隔絕了空氣的固體物質中。

根據蠅蛆的生活史可推斷死亡時間，蠅蛆的生活史是指蒼蠅從產卵、孵化成蛆，蛆蟲生長成熟之後變成蛹，成蠅後破殼而出在現場遺留蛹殼，完成一代蠅蛆的過程。

蠅蛆各個生長階段具有規律性，在蠅蛆破壞屍體的情況下，可運用蠅蛆的生活史判斷死亡時間，特別是晚期屍體的死亡時間。

奇案04

金山楨箱屍
香港首宗碎屍案

元方

「每天罵我都算了，揍我也沒所謂，但出言侮辱，還說到在我妻子的頭上來了，這就不行！別觸碰我的底線！」

高等法院的犯人檻內，一名身材魁梧（高六尺），相貌英俊的男人，正為自己的謀殺控罪自辯。

所謂「底線」，就是接受能力的極限，各人皆有不同。

而這個男人的「底線」，讓他炮製了當年哄動一時的「金山楨」箱屍案，亦是香港首宗的碎屍案。

翻查文獻記錄，近代最早的碎屍案都發生在國內，一九二四年三月十七日，廣州光雅里一名男子被指恃惡橫行，後遭人殺害並碎屍，兇手張治平之後被判槍決；一九二九年在上海，一個弱質女流竟膽敢殺夫後分屍，收藏於木箱中，女犯的命運，同樣是被槍決。

不過其中最哄動的，應數發生在一九三五年，地點是廣州西關寶華路六十六號，兇手也是女性，名王文舒，她將情敵毒殺後碎屍，藏於麻包袋中，棄於白鵝潭。

此為《省城四大奇案》之一，之後更被拍成電影《六十六號屋》。

時代不同了，今天我們可對這種案件大談特談，不覺得是什麼一回事，類同的案例，比比皆是。

然而，半個世紀前的香港市民，覺得殺人後碎屍、肢解等，是件不可思議和極度驚嚇之事，復將殘肢納入箱內，在市區中來回運送，招搖過市，更是駭人聽聞。

恐怖箱屍現鬧市

新落成不久的怡華大廈，位於銅鑼灣怡和街四十號A，樓高十七層，以二樓為起點，需要步行十數餘石級方可到達大堂的升降機門。

一九六五年七月九日下午約一時四十五分，貌似苦力的一男一女，正抬着一個巨型「金山楨」，卻登入大廈的升降機內，但因箱子體積龐大，未能順利進行。

所謂「金山楨」，是一種四邊圍有白色不銹鋼的大木箱，箱身有點點窩釘及鎖，高闊兩呎餘，長約三呎半，堅固耐用。從前的老華僑總愛攜帶這種箱子出洋，故稱「金山楨」。

大廈清潔女工祁換賢（人稱換姐）見狀立即截停：「嘿！慢着！你們要將箱子搬去哪裏？」語音未落，已嗅到一股令人作嘔的腥臭味。

今天的怡華大廈，銅鑼灣怡和街 38 – 40 號。

其中一個苦力説：「受人所托，要送上十七樓的世界健身學院。」

換姐：「箱子入面究竟是什麼？傳出這麼難受的氣味，會影響其他住客啊！」

交涉期間，保安員陳源亦上前詢問，同時發現箱子有黑色液體滲出，惡臭撲鼻，實在難受：「不行！不行！這樣子搬出搬入太不像話，箱子又污又臭，免得阻礙同樓住客，我還是先去樓上健身院跟負責人了解一下，你們別動。」

詎料其中一名苦力男子棄下箱子，發足沿石級飛奔而走，而那個女的見狀亦撒手不管，同樣急步離去……

見事有蹊蹺，換姐與陳源霎時間不知怎樣應付，唯有找上十七樓健身學院的教練吳應鋭下來「收貨」。

但吳某對這個臭氣熏天的「金山槓」拒絕接收，三人凝望着黑色液體不斷從槓邊點點滴滴淌出，一直流落石級之間，伴隨惡臭，槓子內究竟藏着什麼東西呢？大家屏聲斂息，寒意突然湧上心頭，都似乎有了答案—屍體！

陳源立即致電警署救助。

灣仔警署見習幫辦方耀明於二時二十五分到達，鑒於大廈大堂面積狹窄，免得阻礙住客進出及方便警方調查，他通知有關人員前來將「金山楨」移至大廈外圍的怡和街上，引來不少市民圍觀。

不久，銅鑼灣區探長張壽、灣仔區探長黎鑑、反黑組幫辦李洛夫先後抵達，甚至位高權重的呂樂（四大探長之一）亦親赴現場指揮督導偵查，可見案情嚴重。

終將「金山楨」打開，焗在裏面的臭氣爆瀉而出，相較一千隻死老鼠所發出的氣味，還要來得厲害，圍觀市民都紛紛用手掩鼻，面露緊張害怕之色。

警探細心檢查，果然是屍體，不過已經支離破碎！

「金山楨」內的物品，排列整齊，容量異常恰當，有兩個大膠袋，末端繫有繩索，裏面有五個小包，計為（一）頭顱（二）右手（三）左手連身軀（四）左腿（五）右腿。殘肢已呈赤瘀色，開始腐爛，內臟有部分流出，屍水浸滿箱底。另外，有一套破爛的西裝，中英文畫報數本、兩本支票簿、一個馬場的牌子等，相信是死者的遺物。

直至下午五時許，黑箱車8788號將「金山槓」運至港島西區公眾殮房，法醫官唐佐治、王陽坤、彭定祥先後將碎屍作詳細檢驗，死者中等身材，頭髮稀疏，年約四十八至五十歲，從屍體腐爛程度研究，可能死去三至四日。

死者身份暫時未能確定。

金山槓碎屍案（或稱箱屍案）被揭發後，旋即轟動港九，成為城中坊間熱議的話題。

綁架疑雲　故弄玄虛

就在發現箱屍案的前一天（七月八日），一名住在黃泥涌道的婦人報警求助，說她的丈夫幾日前突然人間蒸發，之後就收到一封署名「黃龍黨」的勒索函，要求五萬元為贖參代價，並叮囑不可報警，否則撕票。

圖中的「金山槓」是當年箱屍案所用的款式。

對於綁架案件，警方向來極為重視，但當警探看了勒索函的內容後，大表懷疑，勒索信文筆拙劣，從字跡上看，頗有幾分出自小孩之手，更荒唐的是，歹徒是要求收信者在五天之內，將贖金放在自宅升降機旁邊的垃圾桶裏。

這樣沒有邏輯的勒索函，明顯是一樁惡作劇。

但問題是，現在的確是有人失蹤了。

這名報警求助的婦人名叫宋玉清，人稱鮑太太，她向警方慢慢說出丈夫失蹤的經過。

其夫鮑觀達（五十七歲），是某商行經理，因近日辦公大樓進行改建，公司要由中環的聖佐治行搬至不遠的萬宜大廈。一九六五年七月六日中午，搬遷幾近完畢，只要有少量雜物與文件還尚待在聖佐治行，鮑先生吩咐一位姓何的員工收拾一下，稍後回來檢查，之後便跟鮑太太在附近的月華樓午膳，飯後，鮑太太碰到一位外籍朋友，兩人便一起去別處購物，鮑先生則返回聖佐治行，臨行前他建議下午四時再一同去吃下午茶。

可是下午四時過後，鮑太太跟友人在餐廳等候多時，丈夫未有赴約，於是撥電至聖佐治行及萬宜大廈的新公司詢問，但沒人接聽，估計丈夫定是為公司搬遷事宜忙着，之後她唯有獨自歸家。

直至深夜，丈夫並沒有回家，她心急如焚，四處撥電尋夫不果，沒有下文……

等待的時間特別漫長，可憐的鮑太太徹夜未眠，天都亮了，還未見丈夫蹤影……

七月七日早上，九時一到，她立即致電丈夫的公司，姓何的員工說老闆還未上班。鮑太太之後陸陸續續給公司打了不知多少個電話，答案都是「沒有回來上班」。

四十八小時過去了，奇怪在鮑太太並沒有報警的打算，由於其夫朋友人脈關係極廣，她不斷向親朋戚友詢問、打聽，或尋求辦法，這樣子，又過了一天。

七月八日早上，鮑太太在自宅信箱中，收到一封沒有貼上郵票的勒索函（明顯是有人親自遞上），大驚之下，找來兒女商討對策。

下午過後，她接到一個神秘電話，對方說：「不用再找，已經撕票！」隨即掛線。

鮑太太聽見後，幾乎暈厥，但同時又質疑事情的可信性，唯此時此刻，哪有不報警求助之理。

警方安定了鮑太太的情緒後，首先是要了解案情的時序，並仔細研究所謂的「勒索函」，發現打單信極有問題，疑竇也多，根本是故弄玄虛之作，只是暫時未能確定作案人的目的。

怎料翌日（七月九日），銅鑼灣怡和大廈就揭發了「金山楨」箱屍案，而警探很快便將兩個事件，串連起來。

失蹤者四肢分解

鮑太太被警方帶到殮房，首先確認一下屍體與遺物，在她面前的，是一具支離破碎而腐爛的屍首，但從表面輪廓上看，跟自己丈夫確有幾分相似。然而，任何人在這時，總會自欺欺人，還是一口否認。稍後，警方人員交出兩件遺物給她

(左)疑兇居所(右)死者居所。

辨認：一套被斬至破爛的西裝，和一個牌子。

西裝是她最後見丈夫時所穿的，而牌子則是出入馬場的個人名牌，上面印有名字－鮑觀達。

鮑太太即時淚灑當場，認定這具支離破碎的屍骸，正是自己的丈夫。

死者鮑觀達，五十七歲，是榮利祥記有限公司的經理，辦公室設在中環干諾道中聖佐治行四十一號室，經營黃金業務與證券按揭。除了鮑先生，公司尚有兩名員工，一個已經離職，現時只剩下另一個姓何的職員。

鮑觀達家住黃泥涌道一百五十九號十樓，早年跟妻子宋氏都是在香港大學就讀，他本人亦曾在英國學習，說得一口流利英語，夫婦倆育有兩子兩女，其中兩個兒子都是醫生，大女兒在美國留學，幼女也是港大學生，可說是知識世家。

鮑先生為人性格樂觀疏爽，廣結人脈，大家都以「鮑SIR」尊稱他，沒有什麼不良嗜好，但就喜歡賭馬，每次賽馬都前往馬場投注博彩。

人稱「好好先生」，家境清白，何以會遭殺身之禍，慘被碎屍？而行兇者的動機又是什麼？

是桃色兇殺？錢財糾紛？尋仇？撕票？

其實通通都不是。

早在碎屍案被揭發當天，警方已立即循兩方面着手偵查。

（一）在怡華大廈之保安員與清潔女工的協助下，還有附近居民提供的資料，警探在駱克道一百五十九號附近尋獲那名做苦力的女人，她聲稱在七月九日下午一時左右，曾有一名身材健碩的男人，出錢要她幫忙用木頭車將一個「金山槓」由駱克道七號搬運至怡華大廈十七樓，沿途那名男人一直跟隨在後，到達目的地大堂時，由於箱子太大，在升降機門口遇上阻滯，她就此離去。

警方經調查後，證明這個女人只是收錢辦事，與案無關。

（二）另一方面，根據怡華大廈十七樓「世界健身學院」教練吳應銳所提供的資料，七月九日上午，學院其中一名姓何的學員（也是助教之一）曾致電吳某，說家裏有一個木箱沒有地方安置，擬臨時寄放在健身院內，吳某表示同意。但之後發覺「金山槓」傳出惡臭，並伴有污水流出，拒絕接收。

這名健身院學員叫何子炎，查出住址在駱克道一百五十九號十樓。（碎屍案死者家住黃泥涌道一百五十九號十樓，何其巧合）。

進一步調查，發現他正是死者所屬榮利祥記有限公司的職員。

警方將所得資料連繫起來，何子炎是否與案有關，似沒懸念。

何子炎（二十九歲），家有父母和弟弟住在土瓜灣鴻光街二十七號七樓。

他早年曾在廣州華南醫學院研習解剖（未畢業）。父親何展雲與死者鮑觀達兩家本屬世好，何子炎稱鮑先生為「世伯」，他其後在榮利祥記工作，是公司唯一的職員，月薪三百元，但何子炎有時候工作態度散漫，反應遲緩，鮑先生會不留情面地加以教訓與斥責，其實出於好意，希望這位「賢侄」有所作為。

何子炎身材健碩，六尺高，相貌俊俏，是銅鑼灣「世界健身學院」的學員兼助教，人稱「大隻佬」，曾參加幾次健美先生選舉，但均落選。他於一九六零年與妻子馮玉卿（二十七歲）結婚，之後遷居其妻的父母家中，位於駱克道一百五十九號利順大樓十樓。夫妻恩愛，生有一子一女。

何子炎收入不多，妻子要外出工作幫補家計，她在駱克道海星酒吧任歌女（藝名伊玲），月入五百餘元，因職業上的關係，經常夜歸，夫婦為此經常發生口角。

一九六五年六月二十二日，伊玲跟丈夫吵架後，以殺蟲水混合酒精服毒自殺，幸被救回，成為新聞人物。

七月九日當碎屍案被揭發，轟動全港，某報章甚至以每天頭條連載，其中頗多篇幅都落在伊玲身上。也無怪，就算以今天的標準説，她確是一位美人兒，確有吸引讀者眼球的條件。

傳媒報導甚至斷言，殘酷碎屍案的背後，是涉及桃色糾紛。

箱屍游走　東窗事發

死者已證實是鮑觀達，可是他在什麼時候和什麼地點遇害？照推敲，應該是死者失蹤當天（七月六日）下午四時之後被殺，地點正是他自己的公司，即中環聖佐治行四十一號室。

可以想像的，是行兇者殺人碎屍後，理應隨即將之棄掉。

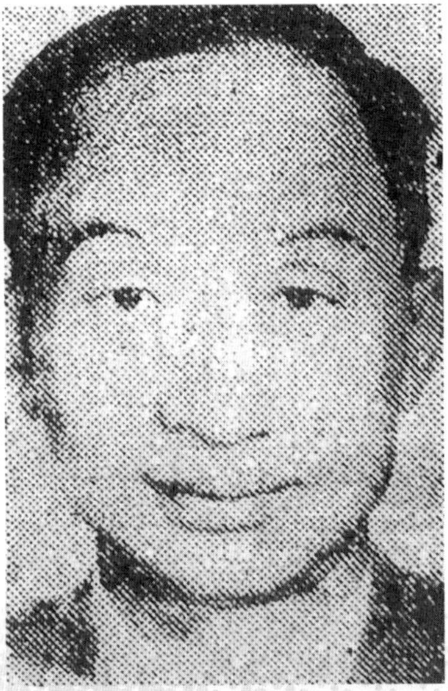

被碎屍慘死之鮑觀達遺照，57 歲。

但不可以想像的，是行兇者可以愚昧至此，竟將殘肢收藏到自己家裏的「金山橨」內！

駱克道一百五十九號利順大樓，十樓某單位內，連日傳出惡臭，兩名老夫婦，嗅著鼻子朝着異味傳來的方向搜索，發現是廚房的「金山橨」作怪，橨子是家中之物，一直置於廚房，有時候會移到廳中充當桌子之用，因橨子上了鎖，老夫婦嘗試將其打開不果。兩天後，異臭更趨強烈，簡直瀰漫全屋，老夫婦再忍受不了，立即命令其女婿何子炎將之棄掉。

下一步怎樣做？何子炎找來了大廈的清潔女工幫忙，先給她五元，再合力將「金山橨」用木頭車搬運到附近的垃圾房棄掉，但之後改變主意，決定運去他所屬的「世界健身學院」存放，即銅鑼灣怡華大廈十七樓。

如是者搬來搬去，終於搬出個禍來，最後東窗事發，揭發了這宗「金山橨碎屍案」。

住在駱克道的老夫婦倆事後才恍如大悟，除飽受屍臭之苦不計，想想在家裏跟箱中碎屍共渡了兩天時光，已覺毛骨悚然。

不久警探派員上門偵查，唯何子炎早已逃去無影，其妻伊玲，同告失蹤。

警方即立令追緝兩名人士。

何子炎嫌疑在身，若是真兇，真是一名率性而為，行事沒盤算沒考慮的笨殺手。

至於上文提及，寄給死者妻子所謂「黃龍黨」的勒索函，更不值一提，乃何子炎叫幾名小孩子，一人一字的抄寫下來，目的是亂人耳目，但手法拙劣。

亡命鴛鴦　旅館落網

七月九日下午，即「金山槓碎屍案」被揭發當天，一隊警員來到土瓜灣鴻光二十七號七樓一個單位，這裏是何子炎從前的寓所，住有他的父母和弟弟，同樣找不到他。

碎屍死者之妻宋玉清。

何母供述，兒子曾在昨天三時左右回來，慌張地說自己因在公司跟鮑世伯（死者）發生爭執，錯手殺死了他，是犯了彌天大錯……

何子炎表示會親自到警署自首，絕不連累家人，何母聞訊大驚，並叫他不要過於妄動，隨即拿起電話欲通知在外丈夫返家商議，不料何子炎反應異常激動，按着母親的手說：「若要給父親知道，我會選擇自殺！」隨即奪門而出，不知所踪。

只是一天時間，警方估計疑兇不會逃得多遠，可能會在附近四處投宿，於是將何子炎及其妻伊玲的照片發送全港不同的酒店與旅館，希望店員密切留意有關人士。

不料翌日（七月十日）下午六時過後，油麻地警署即接獲電話報料，一名稱在九龍某旅館任職的員工，他名叫陳坤，急忙地說：「昨天警方發了兩張照片給我們，現在我們旅館出現一名疑似你們想找的女士！」

警方聞訊後即刻通報上級。

晚上七時二十分，偵緝主任李福基、九龍總探長藍剛等，率領幹探及女警十多人到達佐敦道建成大廈十一樓「高美招待所」，先將大廈分別警戒，並找來陳坤進行詢問。

「請詳細一點說出情況。」警探問。

陳坤：「七月九日下午三時許，那個女人獨個兒前來租房，當時署名是「『陳燕玲』，付了二十三元租金後甫即進入一零一號室，除了有兩次按鐘着職員送上食物外，並未有外出。她現時尚在房中……」

警探提高嗓子說：「為何不早點出通知警方？我們現在要找的是一個殺人犯啊！」

陳坤無奈地説：「警察大哥，你們昨天才發送照片，況且當時我也不太肯定，免得搞錯令大家尷尬，固未敢妄動。直到剛剛跟同伴討論及商議後，發覺這女人跟照片上的模樣，愈看愈似，就立即通知你們了！」

警方部署妥當後，吩咐陳坤取來備用鎖匙，以極速手法開啟一零一號室，門一打開，幾名幹探一湧而入，甫見房內一名女子坐在化妝桌邊，床上則躺着一名身材健碩的男子，至於這個男人何時進入旅館來，連職員也不知道。

只見男子反應敏捷，一度想奪門而出，奈何旅館門口已有多名警員把守，困獸鬥下只好沮喪地束手就擒，一對亡命鴛鴦，就此落網。

兩名男女被證實為何子炎及馮玉卿（伊玲），前者身穿白恤衫西褲，用手拍掩面，後者則在飲泣，兩人被押上警車後駛往油麻地警署。下午八時，港島區華探長呂樂、東區警署探長陳強，將他們接到港島區警察總部偵訊。

本碎屍案由揭發至捉拿疑兇，不足四十八小時，警方的行動力，有時也不容小覷。

觸碰底線　慘劇爆發

「咫尺起風雲，世事無常成噩夢。
金融工擘畫，商場遺恨失奇才。」

一對出自銀行家何添先生的輓聯，高高懸掛在香港殯儀館的靈堂上。

七月十日，鮑觀達的喪禮，弔祭者眾，恒生銀行各董事何善衡、郭贊、梁植偉等的祭帳、花圈、輓聯，源源送來，備極哀榮。

死者是被分屍，故需由化妝師用線縫合，加工

警方找尋何子炎
疑與箱屍案有關

【本報訊】箱中碎屍慘案發生後，警方急欲會見一個名叫何子炎之男子，這是死者鮑觀達經營榮利祥公司時的伙伴。

據說：死者因為業務上的關係，時常到何子炎家中探訪。何有一位在酒吧做歌女的太太，藝名伊玲。由於死者碎屍慘死，警方需要和若干有關人物會晤，何子炎及其太太都是警方急欲會見的人物。

碎屍案揭發後，警方找尋何子炎。

化粧，靈堂上兩支白蠟的燭影下，遺容顯得悽慘，但還好，總算是全屍下葬。

旁邊有一個令人注意的花圈，以「何展雲」之名送來，他是鮑觀達生前的老朋友，也是疑兇何子炎的父親。

晚上，當疑兇被捕的消息傳到了殯儀館，死者的大兒子永富對着父親的遺照大喊：「爸爸，那個人終於被捕了！」而另一個女親屬就喃喃自語道：「沉冤得雪了，沉冤得雪了！」

七月十二日上午，何子炎押解於銅鑼灣裁判署，控以謀殺罪名，伊玲則待在警署，接受進一步查訊。兩天後，她證實與案無關，獲得釋放，但不得離開香港，傳訊時要立即前往警署報到。

伊玲之後成為記者們的追訪對象，她透露在「美高招待所」跟丈夫相處的一日一夜裏，何子炎寫下「遺囑」，六歲女兒由她撫養，供書教學，盡可能送她出洋留學，兩歲多的小兒子則歸何家管教。此外，又有「口頭遺囑」說，若自己有什麼三長兩短，妻子守寡一個月後，可改嫁別人，但要選擇一個富有的男人。

說到傷心處，伊玲掩面痛哭。

何子炎承認是在被激怒和自衞下殺人，他在警署落的口供是這樣的：

「案發日，即七月六日，下午約三時，因為公司需要搬遷，我正汗流浹背的忙於清理雜物，這個時候老闆鮑先生（死者）午飯後回來，一踏進來就向我罵了幾句，説什麼『人頭豬腦』之類的説話，我沒有理會，他經常這樣的，簡直是隔天一小罵，五天一大罵。尤其喝了兩杯後，情況更壞。」

不幸地，這天鮑先生又走到櫃邊取出「白蘭地」，邊喝邊罵：「真沒出息！平日上健身院玩倒是這麼落力，上班的時候就無精打采，你昨晚是否去做賊了?！」

何子炎心想，盡情罵吧，反正我已被罵得麻木。

「木頭人！我現在向你説話啊！竟然毫無反應，真是木頭人！」鮑先生提高嗓子説。

何子炎向來最討厭人家叫他「木頭人」，偏偏這就是鮑先生罵他的口頭禪，何子炎對着他怒目而視，可是鮑先生沒有停下來的意思：「回家吧！不用上班好了，你妻子人靚歌甜，在酒吧裏又有大量『客仔』，我看她賺錢的本事比你強得多！回家睡覺吧！任由妻子供養吧！」

人要面，樹要皮，何子炎憤然之下反駁了他：「每天罵我都算了，揍我也沒所謂，但出言侮辱，還説到在我妻子的頭上來了，這就不行！別觸碰我的底線！鮑先生，說話真的不要欺人太甚！你們這些有錢人，怎會體恤勞苦大眾，每天上班只懂簽支票，看馬經，跟着就去吃下午茶，還帶阿芳到公司鬼混、喝酒，你信不信我跟鮑太太告你的狀！」

鮑先生聽後勃然大怒，急步地走到何子炎面前，狠狠的給他來了兩個掌摑，何子炎意識地用力將他推開，不料他跌跌撞撞的走到櫃頭，取用一把菜刀，向何子炎迎面劈過來⋯⋯

他說：「在這危急關頭，我從後以手臂箍着鮑先生的頸部，擬奪去其刀，但混亂中自己手臂卻受了一刀，痛苦難當，本能反應令我更用力地箍着他，鮑先生不久就告倒地，我才知闖出大禍⋯⋯」

說到這裏，何子炎眼泛淚光：「當時心情很慌亂，想到的事情就是立即回家，將公司的大門鎖上了便離去。但之後心情極度忐忑不安，晚上九時後，決定再度返回公司，見地上有菜刀，於是將死者進行碎屍，並將殘肢帶走。」

「至於那封『勒索函』，目的只是轉移警方視線，為免認出字跡，是我着令大兒子（跟前妻所生）、女兒和鄰居的女童三人合力寫成的。」

以上供詞，何子炎說來頗具真誠，但說到底，都只是一面之詞。

公堂審訊　富戲劇性

由七月十二日起，何子炎先後三次提堂。八月五日起，在銅鑼灣裁判署第二庭進行初級偵訊，控方有三十餘人上庭作供。

被告的弟弟何子平作供：「本人是學生，住鴻光街二十七號，七月六日（案發日）晚上十一時，接到被告的電話，要我到中環聖佐治行榮利祥記幫手清潔及收拾物品，我在十一時三十左右到達，見被告赤裸上身，只穿內褲，忙於移動着一個個的紙皮箱，我則負責抹刷地板，之後被告吩咐我將幾個紙皮箱搬走，箱子約四十磅重，而他的手同時亦棒着兩包東西，大約三尺長，八寸濶，離開寫字樓後，我們一起乘的士去駱克道一百五十九號，放下物品後，我便回家。」

現證實這些紙皮箱及兩包東西，內有乾坤，正是死者的頭顱與「手手腳腳」。

何子炎殺人肢解之罪基本上沒有異議，問題是

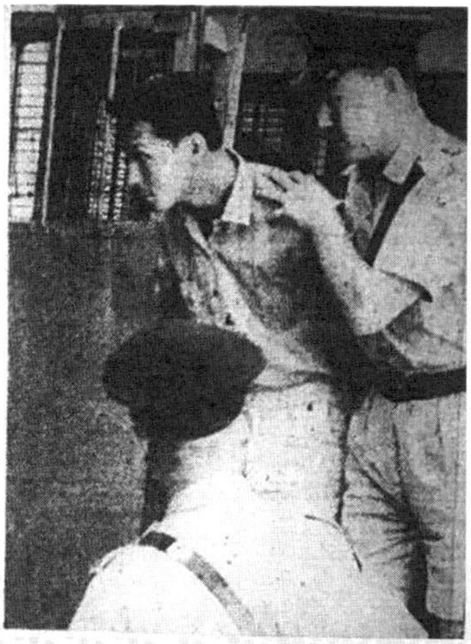

何子炎提堂後押還監獄。（成報，1965 年 7 月 13 日）。

意外殺人抑或企圖謀殺。控方對於死者可隨便在公司取出菜刀襲擊被告這一點存疑，那有沒有證據顯示何子炎案發前已經買好菜刀，準備行兇呢？

警方在榮利祥記的新寫字樓內（萬宜大廈），撿獲一把染血菜刀，刀口已呈捲曲，相信是碎屍兇器，刀柄刻有「儉利」二字，控方傳來五金店職員黃錦作供，他證實「儉利」菜刀是他們店鋪的獨家貨品，絕不混淆，唯未能確認售出日期，也記不起買刀人的模樣。

何子炎跟前妻所生的兒子何文偉（十歲）出庭作供，當目睹自己的父親被囚在犯人欄內時，即掩面厲聲慟哭，何子炎見狀亦不禁低頭飲泣，令全庭聳動，辯方大律師對孩子好言相勸，他才肯依順，但隨即又向大律師伸出舌頭，扮了個鬼臉，又引起哄堂笑聲。法官見狀說：「法庭是莊嚴的地方，不應作出如此藐視態度。」小孩才咧着嘴巴，點點頭，乖乖地接受控方提問。

檢察官呈上一頁紙（死者妻子收到的勒索函），給小孩辨認，他確認其中有六個字是他寫的。

富戲劇性的，是何子炎的母親毛景英，奇怪地出現在控方證人的名單上，這位「敵對證人」在庭上作供時輕聲細語，幾乎是自說自話，當法官再三要求她將說話聲量提高，她卻突然暈倒在證人台上，兩名駐庭女警立即將她扶出，送進休息室。何子炎目睹情景，猛然將頭顱不住的撞向犯人檻，並尖聲大叫及嚎哭，大喊：「阿媽！阿媽……」

十五分鐘後，何母清醒過來後回到法庭，卻聲稱已經失憶，腦海空白一片，並推翻之前所有口供。

之後，警方找來了幾位跟死者鮑觀達生前有交往的舊職員、客戶和朋友登堂作供，了解死者待人處事、性格等問題，他們都說死者本性仁慈，但脾氣偶爾比較暴躁，對下屬的責罵有時不會留情，唯對其在公司喝酒一事，大家意見不一。另外，對於何子炎口中所說，跟死者在公司內喝酒與「鬼混」的女子阿芳，雖然警方並未找到此人，但根據各方面的描述，也不似虛構人物。

而法醫檢驗屍體後，發現其眼及內部器官如肺部、心房等俱充血，認為死者是被勒窒息致斃。此外，醫生亦證實被告手臂上確有一處頗深的刀傷，相信是被呈堂之證物，菜刀所弄成。

以上兩點，基本上符合何子炎證供所說。

碎屍案主角何子炎之父母出庭作供。

九月二十日，本案在高等法院開審，高級按察司李比爵士主審，政府檢察官艾迪主控，陪審員七名，俱為男性。由於案件轟動，連日吸引大量市民旁聽與觀看，水洩不通，需由警方維持秩序。

九月二十八日，全案審結，陪審團退庭商議三小時後出庭回報，一致裁定被告何子炎謀殺罪名不成立，惟誤殺罪成。而陪審團罕有地向法官提出，要求對被告從輕發落。

法官說：「陪審團的職責只是定罪，至於判刑，則由本席負責。」之後對被告說：「你是極端幸運者。本席已考慮到你之代表大律師與陪審員的求情陳詞，現判你入獄十二年。」

何子炎聞判後，回頭對坐在法庭旁之家人報以微笑，其後在獄吏押送下離去。

死罪雖免　監獄魂斷

一九六五年，香港仍執行死刑，若謀殺罪成，下一步就是踏上絞刑台。唯判刑問責，往往一線之間，何子炎總算是跟死神擦身而過，可說幸運。

但幸運之神，又會一直眷顧嗎？

獄中的何子炎，生活當然不會好到那裏，不過還好，他認識了「李仔」，大家不時互相幫忙，傾訴心事。一次「李仔」跟獄中「潮州幫」打架起來，何子炎義無反顧的出手相助，不幸反令自己左手腕骨折斷，右手被刀割傷，尾龍骨受創，要入院留醫，悲矣！

可是最令他難堪的，是妻子伊玲決定跟何子炎辦理離婚手續，據聞她之後跟了一位美國商人去了日本沖繩居住。

世事始難料，一九六九年二月十九日凌晨十二時正，寒夜冷雨中，何子炎在獄中給自己「行刑」，上吊身亡！終年三十三歲，沒有留下遺書。

至於自殺之説，撲朔迷離，有説因妻子捨他離去，生無可戀；也有傳聞他對於鮑先生之事有所悔歉，以死謝罪；不過比較可信的，是他在獄中染上毒癮（那個年代有錢就行），據他的囚友目睹，自殺前兩天，何子炎在監房內因毒癮發作，痛苦咆吼，生不如死。

也許是以上種種，也許是什麼不明因素，驅使何子炎最終步上自盡之路。

逝者已矣，一切隨風，所有恩恩怨怨，就此一筆勾銷。

兩童慘變空中飛人

元方

香港昔日發生的兇案比現在的多，而且來得更為殘忍和兇悍，原因何在？是現代人文明了，還是別的什麼，實在難說。

上世紀六、七十年代，經濟還未起飛，普羅大眾還是比較貧困，生活感到壓力、居住環境又擠迫，鄰里間易生磨擦，觸動了神經，一頭栽進去就不理死活，殺了才算。行兇動機或許只是一時衝動，也許就是為金錢為女人，也許可以什麼都不是。

筆者先前寫了一篇六十年代發生的「官塘徙置區浴血記」（《奇案01靜夜屍》），是不倫之戀引發三死一傷的大慘劇。

而十三年後，差不多同一地點（僅數十米之距），又發生另一宗相當駭人聽聞的死亡事件，有小童遭活生生的拋墮喪生，再添兩魂。

慘案的源頭，可說是雞毛蒜皮的鄰里糾紛，也可說是有冷血殺手匿藏咫尺，冷不勝防，釀成慘劇。

一九七三年，香港房屋委員會成立，自始全港徙置區及廉租屋邨一律稱為「邨」，「官塘徙置區」之後改名為觀塘邨（或觀塘新區），環境規劃較從前改善了，但貧户居住情況依然擠迫密結，鄰里不時鬧出爭執。

死神突襲奪兩命

一九七六年六月二十九日下午，住在第四座七樓六四四號室的男户主彭八（五十六歲），他是鮮魚小販，在秀茂坪三十一座擺賣，因這天身體抱恙，在家休息，他與妻子容瑞蓮（四十六歲）育有六名兒女，四男兩女，長子已是成人，在外居住。這時二哥正出外辦事，家裏只有三弟志明（七歲）、四妹少蘭（六歲）與及五弟國輝（五歲），尚有幼女，因她年紀最小，待在家中令人很不放心，為了方便照料，媽媽弄好午飯後，便帶着她前往秀茂坪的魚店，同時負責替丈夫打理店舖。

午飯過後不久，弟弟國輝就向爸爸要求要錢，出外買零食。

「不行！飯後才不到十五分鐘，就喊着吃零食，太不像話！」爸爸輕聲罵了幾句。

相對於媽媽的嚴厲，其實爸爸對家中小孩的管教，一向採取溫和態度，平時對他們的要求，大都有求必應。

國輝唯有苦着臉，坐在一旁，心中不是味兒。

過了不久，哥哥志明又慫恿弟弟一起出外玩耍，問過了爸爸，並保證只在走廊上逛逛，絕不會跑到街上去。

今次爸爸批准了，兩兄弟便興高采烈地拖着四妹少蘭一同外出。

下午三時左右，爸爸在床上睡得正熟，就在這時候，少蘭突然跑回家中，用力的推着他，喊叫着：「爸爸⋯不得了！雄哥哥他⋯」說罷即嚎啕大哭。

她所說的雄哥哥就是住隔壁六四三號室的鄧國雄（三十歲），大家叫他做「傻哥哥」。

爸爸被弄醒後，少蘭的說話搞得他一頭霧水。

「不要哭，慢慢說，講清楚發生什麼事。」爸爸雙手按住少蘭的膊頭說，示意冷靜。

「三哥和五弟被雄哥哥拋出街外了⋯⋯我看他們死定了！」說到這裏，哭得更厲害。

彭八聞訊，當場嚇至魂飛魄散，一口氣飛奔到樓下查看，發現大量街坊在集結圍睹，他以身軀推進人群中，眼前的果然是自己骨肉—國輝與志明。

彭八心膽俱裂，悲痛欲絕。

不久前，活潑好動的孩子們才喊着要吃零食、撒嬌，現在面前的，卻是兩個血人。

根據目擊者所講，兄弟倆是由樓上同一個地方墮下的，首先是哥哥志明，他着地前撞正熟食檔的蓬頂，再反彈跌在地上，看來四肢已經折斷，頭部重創，鮮血滿地；而弟弟國輝的情況，更是不忍卒

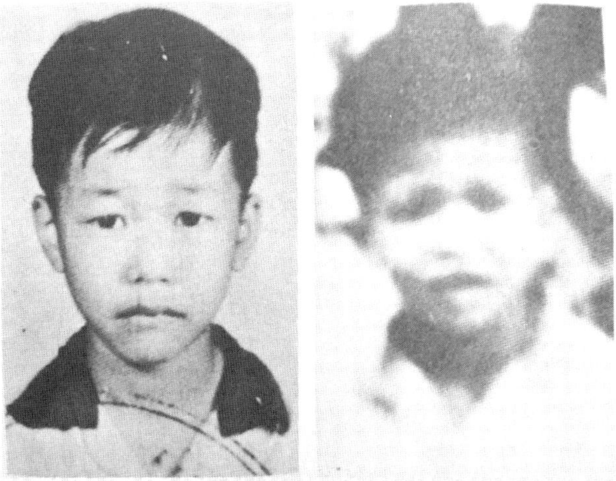

慘死兩兄弟：彭志明 (7 歲，左) 和彭國輝 (5 歲)。

睹，因頭部着地碰到石墩而爆開，腦漿四濺，即場慘死。

哥哥志明雙手被人用繩索緊綁，已奄奄一息；弟弟國輝則被塑膠套套著雙手。

將受害者雙手捆綁，再由高處推落街上，明顯就是謀殺！

接近四時，警方與救護人員接報趕到現場處理，後者從彭八手中接過重傷的哥哥志明，旋即送往觀塘聯合醫院急救。

不幸地，志明延至晚上九點四十五分不治。

弟弟國輝被抬上黑箱車，直接送往殮房。

令人悲痛的是，媽媽容氏聞噩訊後立即從秀茂坪趕回家中，可惜已沒法見到孩子最後一面。

警方之後到場調查，根據目擊者提供的資料，估計兇徒在第四座七樓六四三號室門外將兩童拋下，走廊發現一條尼龍繩，環顧四周，沒有血跡，但撿獲一雙膠拖鞋，證實是死者志明平時所穿的。

就在此時，突然出現一個形跡可疑的人物，在七樓走廊上徘徊踱步，神情呆滯，警方立即趨前截查，他就是「傻哥哥」鄧國雄。

奇怪地，他竟一口承認拋擲兩名小童落街，並表示自己沒有精神病，警探將他帶回警局扣查，同時懷疑他精神有問題，建議送院檢驗。

咫尺殺手　動機難明

鄧國雄，三十歲，與父母（俱七十多歲）同住觀塘邨第四座七樓六四三號（即兩名死者的鄰壁），由於他對事物反應遲緩，說話時詞不達意，所以街坊總覺得他有點弱智。他曾在汽水廠當搬運工人，後因工作能力不逮被解僱。喪失工作後，整天在屋邨內與孩子們玩耍，年雖三十，活像個大孩子，坊鄰都稱他為「傻哥哥」。

其實他和彭八一家相處向來不錯，兩家不時互相照應，互送食物。惟他失業以來，情緒反覆無常，高興時會逗得人很開心，憤怒時則恍如惡魔附身，有

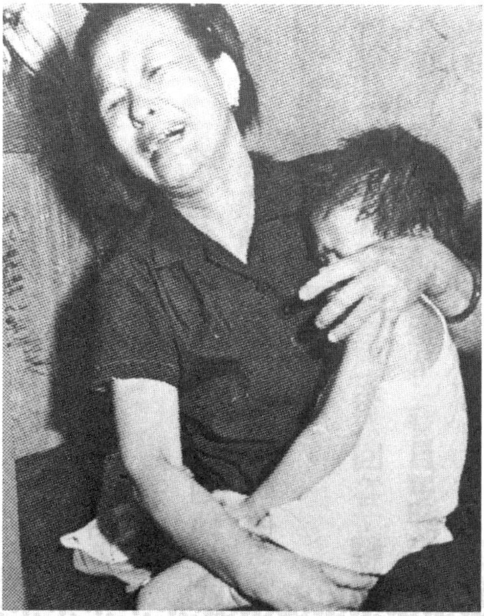

容氏抱着幼女哭訴經過。

時又會變得非常孤僻頹喪，三步不出家門，且對於外來噪音不能有一絲的容忍，為此經常跟彭家的孩子們起爭執，指罵毆打之事經常發生，彭八對此一向採取息事寧人的態度，但其妻容氏卻沒有這份器量，兩家從此失和。

誰是誰非，此宗罕見的謀殺案最終定讞。

一九七七年三月九日，香港高等法院內，按察司費柏大法官主審，七名男子組成的陪審團協同聆訊。

被告鄧國雄，三十歲，無業。被控兩項謀殺罪名：（一）於一九七六年六月二十九日，在觀塘邨第四座七樓，謀殺五歲小童彭國輝；（二）同時同地，謀殺七歲小童彭志明。

被告否認控罪。

青山醫院一名醫生出庭作証供稱，被告是一個精神健全的人，但可能受到精神干擾。

慘案唯一的目擊證人是年僅六歲的少妹妹彭少蘭，她說案發當日下午，跟哥哥與弟弟（兩名死者）在七樓走廊玩得正興高采烈之時，雄哥哥（被告鄧國雄）突然從屋內走出，二話不說，便把哥哥志明一手執住，抱起拋墮於街上，之後以同樣的方式，把弟弟國輝也拋出。她當時極度驚恐，躲在樓梯一角哭泣，被告行兇後甫即離開，幾分鐘她後才懂得跑回家中告訴父親。

而兩名死者的雙手如何被人用繩索與膠袋束縛着，她說不清楚。

被告鄧國雄最後登證人台為自身控罪答辯。

他推翻了之前的口供，說全是警方的虛構，而女童則受母親指使，砌詞陷害他。

兩童在此處被拋下。

他說案發當日下午二時左右，他在家中覺得天氣悶熱受不了，於是前往「雞寮」游泳池觀看小孩子游泳，可能陽光熾烈，才十分鐘即感到頭痛暈眩，打算回家休息，途中在街上暈倒，失去知覺……

當他甦醒時，已有數名警察在身旁，拘捕他與兩項謀殺罪有關，但他對兩名小童被擲斃之事，毫不知情……

簡直是瘋人說夢語的詭辯，又怎能取信於陪審團。

一九七七年三月十日，全案審結，陪審團一致裁定被告鄧國雄兩項謀殺罪名成立，法官宣判被告繯首死刑。

被告不服，上訴要求推翻原判，一九七七年七月十八日被駁回，維持死刑。

一九七八年六月二十八日，港督麥理浩爵士在考慮行政局的意見後，獲得赦免死刑，改為終身監禁。

鄧國雄精神欠正常嗎？心理醫生證實他是精神健全者，又可信嗎？

乃一時衝動，信手拈來，便可將兩條小生命輕鬆地結束，行徑委實令人髮指。正常之人，又何以毫無理性至此，殘忍至極？

兩名小童死前的恐懼，高處墮下的痛苦，叫人難以釋懷。

慘劇其實可免？抑或命中注定？沒有答案。

惟死者已矣，痛定思痛，對周遭人倫關係的矛盾與不善，多加反省，望可化解。

資料室

香港奇案作家先驅——河洛

說河洛先生是「香港奇案作家」第一人，絕不為過。

早在上世紀七十年代初，他著手整理了大量新聞與報刊資料，於一九七三年發表了一本小書，名為《二十年來香港驚人罪案》（環球出版社），是將香港社會上過往發生的一系列罪案撰寫而成。出版以來，引起反響，特別受到喜歡另類口味的讀者垂青，銷量報捷。

當初是什麼意念驅使河洛以此題材形色去寫作，我們不知道，但他擇善固執，而且一直寫下去，截至一九九四年擱筆之時，《二十年來香港驚人罪案》已出冊三十四集。每集由十至二十個案件單元組成不等，換句話說，他總共寫了接近四百宗的案件。當時香港曾經轟動一時的奇情重案，不獨是謀殺兇案，什麼真假綁票、驚天械劫、社會畸案，千奇百怪，通通羅致，可說是香港罪案實錄的一部百科全書。

他的作品，字裡行間滲出作者對於社會不公、人性善惡、倫理百態等，有觀察入微及體驗深刻的意味，行文精鍊流暢，並不沉悶。

兇手和死者的交鋒與對話、兇案現場的一景一物、狂徒行兇的一舉一動，盡述淋漓，可能有出自作者對個別案情框架內的想像元素也說不定，但並無不妥，我們看的是一部罪案實錄小說，不是新聞報導。

而奇案小說的寫作，其實一點也不易。

對於有心研究的奇案迷來說，河洛提供的資料也很專業，每宗案件的時序、地點，都被一一記錄，鉅細無遺（當然個別的真確性還有待研究者去考證），而相關人物不會化名，有名有姓，真實存在。

此外，部分案件的重要照片：兇徒的廬山真面目、案發現場受害者伏屍的死相、相關人物與事物，甚至停屍間的遺體、靈堂上的遺容，全部奉上。

不少讀者，抱著又驚又怕又好奇的心情去閱畢全書，不經意反被牽引著，最後更是一本一本的買下來。

本叢書自出版以來，封面繪圖一直是董培新先生的作品，他以當年比較新近的大案作主題繪圖，幅幅驚嚇，可惜在一九九零年初，出版社進行改革，無論書本版面與紙質都跟從前大有不同，也沒有了董先生那種吸引讀者眼球的封面繪圖。

一九九一年，出版社為河洛做了件好事，就是將之前已經絕版的集數以「新修訂本」重新發行，即所謂的「新版」。但不好的事，就是「新版」的內容跟絕版的「舊版」略有出入，部分案件缺失不全，不知是編輯時出了問題還是什麼。若要全盤的飽覽河洛的一字一句，莫非要「新版」與「舊版」兼備不成？這也讓有心研究這方面著作的人相當頭痛。

有一點值得注意，就是《二十年來香港驚人罪案》的書名，可能會令一般讀者（尤其是年輕讀者），產生混淆不清的感覺，「二十年來」的定義是什麼？首先要明白，這是系列叢書，由首集（一九七三年）始至最後一集（一九九四年）終，跨越了二十一年，換句話説，書中所納入的案件是由上世紀七十年代之前與之後的二十年，前後四十載，而所有在這段期間香港發生的奇情大案，基本上都有涉獵。

一九七五年前後，電影公司與電視台紛紛製作了什麼「香港奇案」、「十大奇案」之類的電影與劇集，唯不講不知，當中不少是完全「借用」了河洛書中的內容作劇本，甚至連案件名稱都原封不動的搬了過去。不知道河洛知道後，會作如何反應。

奇案作品繼往開來

河洛於一九九四年寫下最後一本《二十年來香港驚人罪案》（三十四集）後，便封筆退休，一代奇書便成絕響。可幸的是，一九九零年出現了同樣出色的《重案組黃Sir》系列叢書（博益），作者王子輝先生是今日奇案作家的殿堂級人物，他曾多次表示，是在河洛先生的啟發下寫作，這更顯出河洛先輩的超然地位。

至於河洛本人，我們所知不多，他原名何劍緋，是香港成報港聞版的編輯，無怪在書中可有大量獨家珍貴資料圖片。

河洛於二零零零年八月二十二日逝世，《二十年來香港驚人罪案》的全部版權落在兒子一人之身，他是一名醫生，似乎對父親這一套奇案鉅著興趣不大，十幾年過去了，一直未見將之重新發行，實屬遺憾。

時代不斷轉變，往後的日子，這類奇案叢書卻大有百花齊放之勢，除了上文提及的《重案組黃Sir》系列；陸續而來的還有伊斯堅著的《驚人罪案錄》（集友，一九九三）；《香港震撼案件傳真》（壹出版，二零零一）；翁靜晶頗受歡迎的《危險人物》（天地，二零零四）；文化會社一系列的罪案實錄（作者有重案組黃Sir、Mark Sir等）；鄧翼群著的《殺警檔案》（日閱堂，二零一二）；近年有「花家姐」的《東頭灣道99號》（日閱堂，二零一五）。此外尚有很多，不一而足，但值得一提的是，「文化會社」近十年不斷推廣此類「罪案叢書」不遺餘力，最新的就有「重案組黃Sir」與元方合著的《奇案01》系列（二零一六），現已出書第四冊。

今天，同類型的書籍真的不屬少數，相信河洛本人也意料不及。

然而，傳奇的《二十年來香港驚人罪案》已經不復在市面流傳，無論是新訂版或舊版，都物罕為貴，坊間若有全套叢書者，可感自豪。

《二十年來香港驚人罪案》封面繪圖是董培新的作品，幅幅精彩。

看得喜 放不低

創出喜閱新思維

書名	奇案01　箱屍風雨
ISBN	978-988-78090-1-2
定價	HK88 / NT$280
出版日期	2017年5月
作者	重案組黃Sir、元方（亞元）
責任編輯	尼頓
版面設計	何勿生
出版	文化會社有限公司
電郵	editor@culturecross.com
網址	www.culturecross.com
發行	香港聯合書刊物流有限公司
	地址：香港新界大埔汀麗路36號中華商務印刷大廈3樓
	電話：（852）2150 2100
	傳真：（852）2407 3062
台灣總經銷	貿騰發賣股份有限公司
	電話：（02）822 75988